아무리 문학에 문외한이라고 해도 이효석의 〈메밀꽃 필 무렵〉을 모르는 사람은
드물 것이다. 은은한 달빛 아래 하얗게 반짝이는 메밀꽃과 그 새로 어우러진
장돌뱅이들의 삶, 사랑, 그리고 혈육과의 운명적인 만남……

1930년대 한국 문단을 풍미했던 심미주의적 작가 이효석은 자신이 태어난 고향
을 주 무대로 삼아 한 편의 서정시 같은, 한 폭의 아름다운 풍경화 같은 단편소설
〈메밀꽃 필 무렵〉을 썼다.

그가 소설에서 말한 대로 '보이는 곳마다 메밀꽃밭' 이었던 봉평이 아니었다면 이
소설은 탄생할 수 없었으리라. 본래 우리 조상들의 배고픈 삶에 구황작물로 이용되
던 메밀은 이효석을 만나면서 어른거리는 달빛과 어울려 꿈결 같은 몽롱함을 자아
낸다.

효석은 특히 단편소설에 있어 두드러진 재능을 나타내었는데 그의 작품 세계는 앞
에서 말한 것과 같이 초기에는 동반 작가 시절로 반反 도시적이고 사회적 모순을 고발
하는 경향을 보였으나 후기로 갈수록 자연 문학과 심미주의 세계로 전향, 에로티시즘
적 문학을 추구하였다. 또 그의 문체는 세련된 언어, 풍부한 어휘, 시적인 분위기로 요
약되며 조화와 시적 정서로 산문 세계의 예술성을 승화시켰다는 평을 받고 있다.

9월이 시작되면 메밀꽃이 그득한 고을 봉평을 찾아가야 한다.

하얗게 소금을 뿌린 듯 눈부신 그곳.

봉평의 가을은 그 땅 가득히 핀 메밀꽃으로 시작된다. 하얀 꽃망울을 터트린 메밀꽃밭은 가을 햇살 속에서 눈부시고, 쏟아지는 달빛에 젖은 모습은 꿈 속 풍광처럼 아름답다. 이효석의 표현대로 '마치 숨이 막힐 지경'이다.

무더위가 기승을 부리는 7월 초에 심은 메밀은 9월부터 꽃을 피우기 시작해 10월 중순까지 주변 들녘을 온통 하얗게 수놓는다. 특히 가산 이효석(1907~1942)이 태어난 생가 일대는 하얀 메밀밭이 황금 들녘과 어우러져 가을의 정취를 물씬 풍긴다. 허생원과 동이가 지나던 소설 속 모습 그대로는 아니지만, 아직은 효석이 그려낸 옛 향기를 고이 품고 있는 봉평.

지난 1991년 10월, 문화부는 효석이 나고 자란 봉평에 문학공원을 만들고 그의 생가와 작품 속의 물레방앗간 등을 복원해 놓았다. 특히 〈메밀꽃 필 무렵〉에서 성서방네 처녀와 허생원이 하룻밤의 짧은 사랑을 나눈 물레방아가 있던 곳을 아름답게 복원시켜 놓았는데, 이곳에 서면 마치 주인공이 된 듯 소설의 정취에도 흠뻑 빠져들 수 있다.

효석문화마을
봉평 가는 길

🚗 자가용

수도권 ① 경부고속도로 신갈분기점 또는 중부고속도로 호법분기점 → 영동고속도로 진입(강릉방향) → 원주 → 새
말 → 장평IC → 봉평 방향 6번국도 8Km 지점

② 국도를 타면, 서울에서 구리 → 양평 → 용두리 → 횡성 → 둔내 →
휘닉스파크 입구 → 봉평 방향 6번국도 → 효석문화마을IC

충청권 중부고속도로 진입 후 호법분기점 또는 중부내륙고속도
로 진입 후 여주분기점 → 영동고속도로 진입(강릉방향) →
장평IC → 봉평 방향 6번국도 8Km 지점

영남권 중부내륙고속도로 진입 후 여주분기점 또는 중
앙고속도로 진입 후 만종분기점 → 영동고
속도로 진입(강릉방향) → 장평IC → 봉평 방
향 6번국도 8Km 지점

호남권 호남고속도로 → 경부고속도로 신갈분
기점 또는 중부고속도로 호법분기점 →
영동고속도로 진입(강릉방향) → 장평IC →
봉평 방향 6번국도 8Km 지점

동해안권 ① 동해고속도로 진입 → 강릉에서 강릉분기점 →
영동고속도로 진입(인천·원주방향) → 장평IC → 봉평
방향 6번국도 8Km 지점

② 경부고속도로로 진입 → 대구에서 다시 중앙고속도로 진입 → 만종분기점 → 영동고속
도로로 진입(인천·원주방향) → 장평IC → 봉평 방향 6번국도 8Km 지점

🚌 시외버스

서울 동서울터미널(2호선 강변역)에서 장평 가는 시외버스를 이용(수시 운행) → 장평에서 봉평 행 시내버스 혹
은 휘닉스파크 셔틀버스 탑승(택시로는 약 10분 거리)

대전 대전 동부시외버스터미널 → 원주 시외버스터미널 → 장평 → 봉평

대구 대구 북부시외버스터미널 → 원주 시외버스터미널 → 장평 → 봉평

광주 광주 종합버스터미널(유스퀘어) → 원주 시외버스터미널 → 장평 → 봉평

그 외 지역 장평 터미널로 직접 가는 시외버스가 없을 경우 강릉 또는 원주를 거쳐 장평에 들어갈 수 있다.

(강릉에서 약 1시간 10분소요/원주에서 약 50분소요)

동서울터미널 1688-5979
장평 버스터미널 (033)332-4209
대전 동부시외버스터미널 (042)624-4452~3
대구 북부시외버스터미널 ARS (053)357-1852

광주 종합버스터미널 ARS (062)360-8114
강릉 시외버스터미널 (033)643-6093
원주 시외버스터미널 (033)746-5223

기차

원주방면 : 원주역 ➜ 원주 시외버스터미널 ➜ 장평에서 봉평 행 시내버스 혹은 휘닉스파크 셔틀버
스 탑승(택시로는 약 10분 거리)
강릉방면 : 강릉역 ➜ 강릉 시외버스터미널 ➜ 장평 ➜ 봉평

※이용안내 : http://www.korail.com

메밀꽃 그득한 고장,
봉평의 볼거리 놀거리

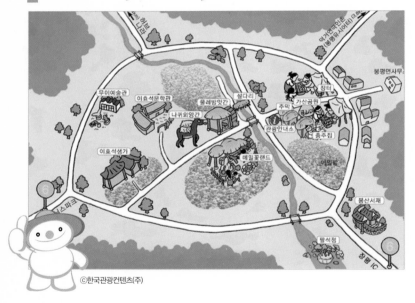

ⓒ한국관광컨텐츠(주)

장평IC ➜ 팔관대, 봉산서재, 팔석정 ➜ 봉평장터 ➜ 가산공원 ➜ 충줏집 ➜ 섶다리 ➜ 효석문화마을 [물레
방앗간 ➜ 메밀꽃랜드 ➜ 이효석 문학관 ➜ 이효석 생가] ➜ 평창 무이예술관 ➜ 흥정계곡 ➜ 허브나라

※ 효석문화제 즈음에는 끝없이 펼쳐지는 하얀 메밀꽃밭을 만나기 위해 전국 각지에서 여행객이 모여드므로,
조금 일찍 채비해서 도착하는 것이 좋다.
※ 단체의 경우, 평창종합관광안내소에 요청하면 문화관광해설사의 무료 해설을 들을 수 있다. (033)330-2763

효석문화마을로 들어서기 전에 만나는 문화유적

판관대, 봉산서재

　장평IC에서 봉평 방면으로 약 3Km(3분 거리) 들어가다 보면 도로 우측에 '판관대判官垈'라는 기념비가 보이고, 거기서 약 2.5Km(3분 거리) 지나면 봉산서재鳳山書齋가 나온다. 판관대와 봉산서재는 조선 중기의 학자 율곡 이이의 잉태설화가 전해지는 곳이다.

　　율곡의 아버지 이원수가 인천에서 수운판관水運判官으로 재직할 때, 사임당을 비롯한 그의 식솔들은 산수가 수려한 평창군 판관대에 거주하고 있었다. 어느 날 부인이 너무나도 그리웠던 이원수는 상부에 말미를 얻어 봉평으로 향했는데, 평창군 대화면에 접어들었을 무렵 날도 저물고 몸도 피곤하여 한 주막에 여장을 풀게 되었다.

　　그런데 마침 그곳의 주모에게 기이한 일이 있었다. 그날따라 손님이 없어 깜빡 졸다가 자신의 품에 커다란 용 한 마리가 안겨 드는 꿈을 꾼 것이다. 이는 분명 하늘이 내리는 비범한 인물을 품을 태몽이었으나, 그녀는 남편을 일찍 여의고 홀로 살아가던 여인이었다. 그때 마침, 이원수가 주막에 들어섰고 주모는 그의 얼굴에 예사롭지 않은 서기가 서려 있음을 알아보고는 하늘이 준 기회를 놓칠 수 없어 부끄러움을 무릅쓰고 그와 동침하려 들었다. 그러나 이원수는 완강하게 거부하고 결국 짐을 챙겨 뛰쳐나갔다.

　　그 무렵 사임당 신 씨는 친정인 강릉에 잠시 머물고 있었는데, 그 또한 잠깐 눈을 붙인 사이 용이 품에 가득히 안겨 오는 꿈을 꾸었다. 범상치 않은 꿈에 신사임당은 식구들의 만류를 뿌리치고 급히 봉평으로 향했고, 주모의 간곡한 청을 뿌리친 이원수도 그날 밤이 깊어 판관대에 도착했다.

　　바로 이날 밤, 하늘의 점지대로 비범한 인물인 율곡이 잉태되었다고 한다.

판관대는 '판관(율곡의 부친인 이원수의 관직)이 살았던 집터'라는 뜻으로, 율곡의 탄생 설화가 전해져 내려오는 것을 기리기 위하여 옛 집터에 비석을 세웠다. 또 봉산서재는 이 사실(설화)을 후세에 전하고 기리고자 창촌에 거주하던 유학자 홍재학 선생이 주동이 되어 고종에게 탄원, 판관대를 중심으로 한 사방 10리를 서재를 위한 토지로 하사 받고 유생들의 성금을 모아 1906년에 창건한 사당이다. 서재 경내 재실에는 정면에 율곡의 영정이, 측면에 화서 이항로의 영정이

모셔져 있으며 지방 유림과 주민들이 매년 음력 9월 15일에 다례제를 봉헌하고 있다.

그러나 사실 판관대는 길가에 비석 하나만 덩그러니 서 있어 일부러 찾으려 하지 않으면 쉽게 눈에 띄지 않고, 봉산서재도 휑하니 초라해 별다른 볼거리는 없다. 하지만 신비한 설화와 산과 물이 서로 감도는 아름다운 산수, 서재로 오르는 돌계단 주변의 예쁜 꽃들만으로도 봉평 가는 길에 잠시 내려 쉬었다 가기에는 좋지 않을까.

팔석정 八石亭

봉산서재를 지나 1Km도 채 가기 전에 왼쪽으로 팔석정이라는 이정표가 나온다. 조선시대의 문인이자 명 서예가인 양사언이 강릉부사로 재임 시 이곳의 자연경치에 탄복하여 정사도 잊은 채 8일 동안 신선처럼 경치를 즐기며 노닐다가, '팔일경 八日景'이라는 정자를 세우게 하고 1년에 서너 번씩 찾아와 시상을 다듬었다는 팔석정. 이곳에는 주변의 풍치와 어울려 절경을 이루고 있

　는 8개의 널찍널찍하고 커다란 바위가 자리를 잡고 있는데, 양사언이 강릉부사의 임기를 마치고 돌아가다 이곳에 다시 들려 8개의 바위 생김새에 따라 각각 이름을 붙이고 글씨를 새겨 넣어 그 이후부터 팔석정이라 부르게 되었다고 한다. 하지만 강산이 몇 차례나 바뀐 지금에는 그 바위가 어느 바위인지 구분이 잘 되지 않고 글씨를 찾기도 어려워 아쉬우나, 시원하게 흐르는 냇물과 깨끗한 공기가 그 마음을 씻어내 마치 신선처럼 마음이 맑아지는 것 같은 기분을 느낄 수 있다.

소설 〈메밀꽃 필 무렵〉의 배경이 된 봉평장터와 막걸리 향 그윽한 중줏집,
허 생원과 성 처녀가 기막힌 인연을 맺은 물레방앗간,
허 생원과 동이의 사연이 굽이쳐 흐르는 개울가까지…
효석이 나고 자란 봉평은 그의 작품 곳곳에 담뿍 녹아 있다.

봉평장터

봉평장은 날짜 끝자리에 2와 7이 들어간 날에 열리는 5일장으로, 소설 〈메밀꽃 필 무렵〉의 주 무대가 되는 유서 깊은 장이다. 규모는 많이 줄었지만 소설 속에도 나오는 인근의 진부장(3, 8일), 대화장(4, 9일)과 연계되는 까닭에 각지의 장돌림이 모여 들어 장날이 가지는 특유의 흥겨움과 번잡함은 예전 그대로다.

봉평장에서 가장 인기 있는 품목은 역시 메밀. 올챙이국수와 수수부꾸미, 양배추김치도 유명하지만 메밀의 고장 봉평답게 껍질도 까지 않은 메밀과 하얗게 빻은 메밀가루는 물론 직접 맷돌에 갈아 반죽한 메밀전, 메밀반죽을 얇게 지진 다음 양념한 오징어와 배추 등을 올리고 돌돌 말아서 싸먹는 메밀전병, 집에서 직접 쑨 메밀묵, 고소하고 깔끔한 메밀막국수는 봉평에서 먹어야 제대로 먹을 수 있는 일품별미. 거기에 요즘에는 메밀찐빵, 토종메밀순대, 메밀국수전골, 메밀나물비빔밥 등 다양한 메밀음식이 개발되어 먹을거리가 가득한 봉평장이다.

가산공원, 충줏집

가산 이효석의 문학적 업적을 기념하기 위해 조성한 공원으로 1993년 11월에 문을 열었다. 봉평 중고등학교 앞에 위치한 이 공원에는 4,300m² 가량의 부지에 이효석의 흉상과 그의 업적을 기리는 문학비가 세워져 있고, 그 뒤로 〈메밀꽃 필 무렵〉에 등장하는 충줏집이 복원되어 있다. 허생원과 장돌뱅이들이 지친 몸과 마음을 달래던 주막 충줏집은 원래 봉평장터 입구에 있었으나, 장소를 옮겨 복원하면서 그곳에는 본래의 자리임을 알리는 표지석만 세워져 있다. 햇볕이 뜨거울 때면 산림청 보호수로 지정된 아름드리 돌배나무와 물푸레나무의 푸른 그늘 아래 몸을 숨겼다 쉬

어가기에 안성맞춤이다. 이곳에서 해마다 5월 25일에 이효석추모제가 열리고 9월 초에는 효석 백일장이 열렸는데, 1999년부터는 두 행사가 효석문화제로 규모가 확대되어 열리고 있다.

섶다리

가산공원을 빠져나와 효석문화마을로 들어가자면 흥정천을 건너야 한다. 이때 번듯한 콘크리트 다리인 흥정교 대신 흥정천의 수면 위에 그림처럼 걸쳐져 있는 '섶다리'를 이용하자. 두 개의 섶다리는 이효석 생가로 들어가는 길의 정취를 살리기 위해 일부러 설치해 놓은 것으로, 매년 장마철이 되면 불어난 냇물에 휩쓸려 떠내려가곤 하지만 문화제가 열리기 전에는 다시 설치된다. 노상 발딛고 사는 딱딱한 콘크리트 대신 폭신한 섶다리를 밟으면서 물과 흙내음을 맡는 것만으로도 추억이 자란다.

효석문화마을로 들어서기 전에 만나는 문화유적

물레방앗간

섶다리를 건너면 개울에서 목욕하려던 허 생원이 밝은 달빛을 피해 들어섰다가 난데없는 성 서방네 처녀와 마주쳐 '무섭고도 기막힌 밤'을 보내는 물레방앗간이 나온다. 장돌뱅이에 얼금뱅이고 왼손잡이였던 허생원이 '뒤에도 처음에도 없는 단 한 번의 괴이한 인연'을 맺게 된 곳…… 1991년 당시 문화체육부가 생가터가 있는 남안동을 문화마을 1호로 지정하면서 그 기념사업의 일환으로 복원해 세웠다. 그 건너편으로는 메밀꽃랜드가 보이고, 물레방앗간 옆으로 난 계단으로 올라가면 이효석 문학관이 나온다.

이효석 문학관

이효석은 다시 태어나도 지금의 자신으로 태어나겠다고 했다. 그렇게 그가 사랑했던 자연인 이효석의 삶과 가산 이효석의 문학세계를 시간의 흐름에 따라 볼 수 있도록 잘 정비해 놓은 이효석 문학관. 문학 전시실과 문학교실, 학예연구실 등으로 다채롭게 꾸며져 있으며 이효석의 육필 원고와 사진을 비롯한 많은 문학 자료를 통해 그의 일상생활 모습과 음악에 대한 열정과 낭만을 엿볼 수도 있다. 이효석 문학관에 들릴 때는 책 한 권을 준비해 가면 어떨까. 문학관 주위로 문학 정원, 메밀꽃 길, 오솔길 등 그림 같은 문학 동산이 구성되어 있어, 그저 산책만 즐기고 나서기에는 아쉽기 때문이다.

- 개관시간 : 오전 9시~오후 6시   ■ 휴관일 : 매주 월요일, 매년 1월 1일, 설날과 추석 당일
- 관람료 :

구분	어른	청소년	어린이
일반	2,000원	1,500원	1,000원
단체(20인 이상)	1,500원	1,000원	500원
평창군민	1,000원	750원	500원

※ 이효석 문학관에서는 '테마별 문화유적 답사'와 '가산 이효석 관련 유적지 답사', '가산 이효석의 작품 배경지 답사' 등을 신청할 수 있다. 무료입장 조건과 답사 신청등 기타 자세한 내용은 이효석 문학관 홈페이지 참고(http://www.hyoseok.org)

이효석 생가

문학관을 돌아보고 나오면 800m 정도 떨어진 곳에 이효석 생가가 있다. 부드러운 능선의 산과 어우러진 고즈넉하고 아담한 기와집이 바로 이효석이 태어난 곳이다. 원래는 초가였으나 새마을 운동 무렵 정부의 지붕 개량 사업으로 인해 함석으로 개축되었고, 몇 해 뒤에 낡은 기둥의 하중을 고려하여 플라스틱 기와

로 바뀠다고 한다. 이 집은 이효석이 열네 살 때, 그의 부친이 이사를 하면서 지인에게 팔아 유족의 소유는 아니지만 기와를 제외하고는 옛 모습대로 깨끗하고 정갈하게 보존되고 있다. 사실 이곳은 집 한 채가 덩그러니 있는 것 외에 별다른 볼거리는 없으나, 가산 이효석이 태어난 생가라는 의미만으로도 찾아볼 만한 곳이다.

또 봉평에는 이효석의 생가가 한 곳 더 있다. 생가터와 약 600m 정도 떨어진 곳에 반듯하게 지어진 초가가 바로 그것인데, 2007년에 평창군청과 이효석문학선양회에서 그가 살던 옛 집을 마을 원로들의 고증을 통해 그대로 재현해 놓은 것이다. 앞에 있는 초가는 이효석이 서울로 떠나기 전까지 어린 시절에 살았던 집이며, 뒤쪽의 다른 한 채는 그가 평양에서 한창 작품 활동에 매진하면서 가족들과 함께 행복한 시절을 보냈던 '푸른집'을 재현한 것이다. 참고로 〈메밀꽃 필 무렵〉도 이효석의 평양 푸른집에서 탄생한 작품이라고 한다.

평창 무이 예술관

학생 수가 점점 줄어 폐교의 운명을 피하지 못한 무이초등학교가 2001년 4월, 예술인들의 창작공간으로 새롭게 태어났다. 운동장은 야외조각공원으로 변신하여 입구부터 100여개의 조각품들이 자리 잡고 있고, 건물 내로 들어가면서부터는 메밀꽃밭을 주제로 한 유화작품이 양 벽에 전시되어 있다. 아이들이 공부하

던 교실은 작가들의 그림, 도자기, 서예 등의 작품이 있는 전시실로 탈바꿈했다. 도자기를 굽는 전통 가마를 구경할 수 있고 손도장 찍기, 도자기 만들기 등 체험활동도 마련되어 있다.

■ 개관시간 : 3월~10월 오전 9시~오후 7시 / 11월~2월 오전 10시~오후5시
■ 휴관일 : 매월 첫째, 셋째 월요일
■ 관람료 :

구분	어른	군인	학생	어린이,경로증 소지자
입장료(원)	개인/단체	개인/단체	개인/단체	개인, 단체
	3,000/2,000	2,000/1,000	2,000/1,000	1,000

※체험프로그램 및 예술관에 대한 자세한 소개 홈페이지 참고(http://www.mooee.co.kr)

흥정계곡

무이예술관을 나와 다리를 건너면 오른쪽으로 약 1Km가 안 되는 거리에 흥정계곡 입구를 알리는 표지판이 보인다. 흥정산에서 시작되는 흥정계곡은 6Km에 이르는 깊은 골로, 봉평 무이교부터 곧은 골까지 울창한 숲과 맑은 물줄기를 따라 오르는 것만으로도 가슴속이 청량해진다.

허브나라

흥정계곡 입구로부터 예쁘고 이국적인 펜션들이 죽 늘어선 길을 약 1Km 정도 따라가면 라벤더, 페퍼민트, 로즈마리, 스위트바질 등 약 100여종의 허브향기가 어우러져 있는 세상을 만나게 된다. 아름다운 자연을 감상하며 쉬어갈 수 있는 가족 휴양지 '허브나라관광농원'은 1993년부터 조성되기 시작하

여 1996년 가을에 정식으로 개원했다. 요리, 향기, 공예, 약용, 차, 자생, 미용, 명상, 어린이, 모네, 셰익스피어 정원 등 모두 15개의 용도별, 테마별 허브 정원을 가꾸고 있으며 그밖에 11실을 갖춘 숙박시설과 가끔 음악회를 여는 공연장 별빛무대, 터키문화전시관이 있다.

또한 자작나무집이라는 이름이 붙은 통나무 레스토랑에서는 농장에서 직접 재배한 싱싱한 허브로 요리한 음식을 맛볼 수 있으며, 티 하우스에서는 각종 약용 허브티 외에도 허브 아이스크림, 허브 토스트, 허브 쨈, 허브 떡 등이 준비되어 있다.

※농원 개장시간 및 입장료 문의, 숙박 및 단체식사 예약 문의 : (033)335-2902 / www.herbnara.com

그 외에도 바로 제2의 동강이라는 금당계곡과 최첨단 레포츠 시설을 갖춘 산악 휴양지 보광 휘닉스파크, 용평리조트 등이 인근에 있어 다양한 레저 활동을 즐길 수 있다. ※금당계곡 레프팅 체험 : (033)333-1472 / www.irafting.co.

또한 평창군의 주요 관광지로 오대산 국립공원, 삼양 대관령 목장, 양떼목장, 신·재생 에너지 전시관, 한국 자생식물원, 한국 앵무새 학교, 영화 '웰컴 투 동막골' 세트장 등이 있으니, 자세한 내용은 평창군청 홈페이지(www.happy700.or.kr), 평창문화관광포털(www.yes-pc.net)나 평창군청 관광경제과(033-330-2399)를 이용하여 알아 볼 수 있다.

그리고

생가터에 살고 있는 홍순상 씨가 그 옆에 '메밀꽃 필 무렵'이라는 아담한 식당을 운영하고 있다. 생가터를 관리하기 위한 자금이 필요해 시작한 식당이라지만, 이곳에서 직접 쑨 메밀묵은 관광객들로부터 소문이 자자하다. 모든 메밀음식은 생가 주변의 약 50,000㎡ 땅에서 직접 수확한 국산 메밀로 만들며 메밀싹국수, 메밀묵, 메밀묵밥, 메밀전병, 메밀전, 묵사발 등의 메뉴가 있다. 또 음식점 한편은 찻집으로 나누어 메밀차, 메밀커피, 한방차, 다래차 등을 준비해 놓았다.

※ 가산 생가 메밀꽃 필 무렵
(033)335-4594 / www.gasanhouse.com

메밀꽃과 문학이 함께 하는
평창 효석문화제

　메밀꽃이 마을 일대를 하얗게 뒤덮는 9월, 〈메밀꽃 필 무렵〉의 실제 무대가 되었던 봉평에서는 매년 효석의 문학을 기리고자 '효석문화제'가 열린다. 한국 문학을 대표하는 작가 이효석과 그로 인해 한국 문학을 대표하는 여행지가 된 봉평. 효석 문화제는 가산 문학이 주는 감동과 그 속에서 이야기하는 아름다운 메밀꽃과 추억들, 그리고 봉평 하면 떠오르는 토속적인 모습들을 문학, 자연, 전통의 테마로 펼쳐내어 전국의 관광객들을 유혹한다.

　여러 가지 문학 관련 행사는 물론 민속 축제와 토속 음식이 기다리는 봉평의 싱그러운 가을. 메밀꽃 필 무렵에, 따뜻한 가을 햇살 아래 빛나는 그림 같은 풍경을 마음 가득 품어보는 것은 어떨까.

■ 주요프로그램

문학 프로그램 : 토속적이고 서정적인 가산문학의 정취를 느껴보는 문학 행사 참여 프로그램,
전국 효석백일장, 문학의 밤, 문학 심포지엄, 시화전, 창작교실 등

자연 프로그램 : 늦여름 메밀밭에서 느껴지는 자연의 청정함과 동심의 세계 체험을 통한 감동과 향수가 있는 프로그램
메밀꽃밭 안의 1~1.5Km의 오솔길을 따라 들어가 사진을 찍을 수 있는 자연 포토존, 물가동네마당(섶다리, 나무다리, 돌다리), 봉숭아물들이기 등

전통 프로그램 : 추억 속의 전통 놀이를 체험하며 즐거움을 함께 나누는 프로그램
메밀음식 체험마당, 옛날 장터 재현, 전통 민속놀이, 당나귀와 함께, 토종 닭싸움 대회 등

그 외에 공연행사로는 평창군 8개 읍면 민속공연(둔전평 농악놀이, 황병산 사냥놀이, 평창 아라리, 진부 목도소리, 방림면 삼베굿놀이, 남백단 풍물놀이, 봉평면 메밀타작소리, 쑥버덩소리, 학생사물놀이) 등이 열리고 문화예술행사로는 전국 사진공모전 전시, 백일장 입선작 전시, 평창군 관광사진 전시, 봉평의 어제와 오늘 사진 전시 등이 열린다. 또한 행사장 인근 5~10분 거리의 지역에서 열리는 행사까지, 20여 가지 기본 프로그램을 포함하여 매년 조금씩 달라지는 50여 가지의 다양한 프로그램이 마련되므로 가을에는 효석문화제를 즐겨 보자.

■ **효석문화제**

일시 : 매년 9월 초에서 중순까지, 한 열흘 간
장소 : 강원도 평창군 봉평면 효석문화마을 일대
주최 : 이효석문학선양회 (033)335-2323
행사안내 및 문의 : 효석문학선양회 (033)335-2323 / www.hyoseok.com
　　　　　　　　　　평창군청 문화관광과 (033)330-2762 / www.happy700.or.kr
　　　　　　　　　　www.yes-pc.net

메밀꽃 필 무렵

메밀꽃 필 무렵

| 2009년 12월 7일 발행

| 지은이_ 이효석
펴낸이_ 박준기
펴낸곳_ 도서출판 맑은소리
주소_ 서울시 금천구 가산동 550-1 롯데IT캐슬 2동 1206호
전화_ 02-857-1488
팩스_ 02-867-1484
등록_ 제10-618호(1991.9.18)

| ISBN 978-89-8050-203-5 03810

- 잘못된 책은 구입한 곳에서 바꾸어 드립니다.
- 값은 뒤표지에 있습니다.

메밀꽃 필 무렵

맑은소리

문학, 지성과 품성을 만드는 생명의 언어

허병두 | 서울 숭문고 교사, 교육부 독서교육발전자문위원회 위원,
EBS FM '책과의 만남' 진행자,
'책으로 따뜻한 세상 만드는 교사들' 대표

문학작품은 우리네 삶을 들여다보는 거울이다. 그 거울은 작가의 예리한 통찰력과 풍부한 상상력으로 닦여져 읽는 이의 눈을 예리하게 틔워주고 그윽하게 만든다. '자, 세상은 이런 거야. 그리고 삶은 이렇게 사는 거야.' 빛나는 거울 속에서 퉁겨져 나온 언어들이 세상과 인생의 깊은 속내를 전해 준다. 때로는 깊은 생각에 턱을 고이게 하고, 때로는 격렬하게 가슴을 적셔오는 언어들……. 문학은 바로 이러한 언어들의 축제다.

그래서 문학작품은 영혼이 푸른 시절에 읽으면 더욱 좋다. 잔잔한 아침바다 위에 떠오른 해류들이 먼길을 떠날 채비를 서두르며 뒤척이듯이, 문학작품은 삶이라는 망망대해로 떠나가는 작은 조각배를 생기롭게 한다. '그래, 이쪽으로 가는 거야. 바로 여기가 삶의 보물이 묻혀 있는 곳이지.' 이처럼 문학작품은 푸른 영혼들의 삶에 방향을 제시하며 인생을 풍요롭게 해준다.

그런 측면에서 볼 때 도서출판 맑은소리의 한국 대표작가 문학선집 '다시 읽는 한국문학 시리즈'는 청소년들이 읽기에 안성맞춤이다. 명작이라고 그저 활자들의 감옥처럼 만들어 딱딱하고 고압적인 느낌이 들게 했던 종래의 책들과는 달리 이제 막 세상에 눈을 뜨는 청소년 독자들이 읽기 좋게 여러모로 배려되어 있다.

1920~1930년대의 문학작품들에서 출발하여, 1920년 이전의 근대문학부터 최근의 현대문학에 이르기까지 계속해서 폭넓게 기획·출간될 이 시리즈는 특히 원전을 고스란히 살리되 해당 작가의 작품 세계를 대표하는 엄선된 작품들, 그리고 작품의 깊은 속내를 충분히 이해하고 즐길 수 있도록 그려진 삽화들 덕분에 책을 읽고 난 독자들은 그 작가의 나머지 작품 세계까지도 파고들고 싶은 욕

심이 날 듯싶다.

　문학은 생존 이전에 인간이 지녀야 할 지성과 품성을 만들어주
는 생명의 언어들이다. 모쪼록 여러분의 삶을 늘 지켜주고 밝혀줄
생명의 언어들을 '다시 읽는 한국문학 시리즈'에서 만나기를 바
란다. 여러분이 책갈피를 넘기며 만나게 되는 빛나는 언어들은 어
느 험한 굽이에서 여러분을 굳게 잡아줄 것이다.

차례

동이의 탐탁한 등허리가 뼈에 사무쳐 따뜻하다.
물을 다 건넜을 때에는 도리어 서글픈 생각에
좀 더 업혔으면도 하였다.

메밀꽃 필 무렵

    여름 장이란 애시당초*에 글러서, 해는 아직 중천에 있건만 장판은 벌써 쓸쓸하고 더운 햇발이 벌여 놓은 전* 휘장 밑으로 등줄기를 훅훅 볶는다. 마을 사람들은 거의 돌아간 뒤요, 팔리지 못한 나무꾼 패가 길거리에 궁싯거리고들* 있으나 석유병이나 받고 고깃마리나 사면 족할 이 축들을 바라고 언제까지든지 버티

---

* 애시당초 '애당초'의 잘못. 일의 맨 처음이라는 뜻으로, '애초'를 강조하여 이르는 말.
* 전 廛 물건을 늘어놓고 파는 가게.
* 궁싯거리다 어찌 할 바를 몰라 이리저리 머뭇거리다.

고 있을 법은 없다.

춥춥스럽게* 날아드는 파리 떼도, 장난꾼 각다귀들도 귀찮다. 얼금뱅이*요 왼손잡이인 드팀전*의 허 생원은 기어이 동업의 조 선달을 나꾸어 보았다.

"그만 거둘까?"

"잘 생각했네. 봉평 장에서 한 번이나 흐뭇하게 사* 본 일 있었을까. 내일 대화 장에서나 한몫 벌어야겠네."

"오늘 밤은 밤을 새서 걸어야 될걸."

"달이 뜨렷다."

절렁절렁 소리를 내며 조 선달이 그날 번 돈을 따지는 것을 보고, 허 생원은 말뚝에서 넓은 휘장을 걷고 벌여 놓았던 물건을 거두기 시작하였다. 무명 필과 주단 바리*가 두 고리짝*에 꼭 찼다.

---

* 춥춥스럽다 보기에 너절하고 염치없는 데가 있다.
* 얼금뱅이 얼굴에 우묵우묵한 마마 자국이 생긴 사람을 낮잡아 이르는 말. 곰보.
* 드팀전 예전에 온갖 피륙을 팔던 가게.
* 사다 가진 것을 팔아 돈으로 바꾸다.
* 바리 소나 말 따위의 등에 잔뜩 실은 짐.
* 고리짝 고리. 고리버들의 가지나 대오리 따위로 엮어서 상자같이 만든 물건.

멍석 위에는 천 조각이 어수선하게 남았다.

다른 축들도 벌써 거의 전들을 걷고 있었다. 약빠르게* 떠나는 패도 있었다. 어물장수도 땜장이도, 엿장수도 생강장수도 꼴들이 보이지 않았다.

내일은 진부와 대화에 장이 선다. 축들은 그 어느 쪽으로든지 밤을 새며 육칠십 리 밤길을 타박거리지 않으면 안 된다.

장판은 잔치 뒤 마당같이 어수선하게 벌어지고 술집에서는 싸움이 터져 있었다. 주정꾼 욕지거리에 섞여 계집의 앙칼진 목소리가 찢어졌다. 장날 저녁은 정해 놓고 계집의 고함 소리로 시작되는 것이다.

"생원, 시침을 떼두 다 아네. ……충줏집 말이야."

계집 목소리로 문득 생각난 듯이 조 선달은 비죽이 웃는다.

"화중지병*이지. 연소 패*들을 적수로 하구야 대거리가 돼야 말이지."

"그렇지두 않을걸. 축들이 사족을 못 쓰는 것두 사실은 사실이

* 약빠르다 약아서 눈치나 행동 따위가 재빠르다.
* 화중지병 畵中之餠 그림의 떡.
* 연소배 年少輩 나이가 어린 무리.

나, 아무리 그렇다군 해두 왜 그 동이 말일세. 감쪽같이 충줏집을
후린 눈치거든."

"무어, 그 애숭이가? 물건 가지고 낚았나 보지. 착실한 녀석인
줄 알았더니."

"그 길만은 알 수 있나……. 궁리 말구 가 보세나그려. 내 한턱
씀세."

그다지 마음이 당기지 않는 것을 쫓아갔다. 허 생원은 계집과
는 연분이 멀었다. 얼금뱅이 상판을 쳐들고 대어 설 숫기도 없었
으나 계집 편에서 정을 보낸 적도 없었고, 쓸쓸하고 뒤틀린 반생
이었다.

충줏집을 생각만 해도 철없이 얼굴이 붉어지고, 발 밑이 떨리
고 그 자리에 소스라쳐 버린다.

충줏집 문을 들어서 술좌석에서 짜장* 동이를 만났을 때에는
어찌 된 서슬에선지 발끈 화가 나 버렸다. 상 위에 붉은 얼굴을
쳐들고 제법 계집과 농탕치는 것을 보고서야 견딜 수 없었던 것
이다.

---

* 짜장 과연 정말로.

녀석이 제법 난질꾼*인데 꼴사납다. 머리에 피도 안 마른 녀석이 낮부터 술 처먹고 계집과 농탕이야. 장돌뱅이 망신만 시키고 돌아다니누나. 그 꼴에 우리들과 한몫 보자는 셈이지. 동이 앞에 막아서면서부터 책망이었다. 걱정도 팔자요, 하는 듯이 빤히 쳐다보는 상기된 눈망울에 부딪칠 때, 결김에* 따귀를 하나 갈겨주지 않고는 배길 수 없었다.

동이도 화를 쓰고 팩하게 일어서기는 하였으나, 허 생원은 조금도 동색하는 법 없이 마음먹은 대로는 다 지껄였다 — 어디서 주워먹은 선머슴인지는 모르겠으나 네게도 아비 어미 있겠지. 그 사나운 꼴 보면 맘 좋겠다. 장사란 탐탁하게 해야 되지. 계집이 다 무어야. 나가거라, 냉큼 꼴 치워.

그러나 한마디도 대거리하지 않고 하염없이 나가는 꼴을 보려니 도리어 측은히 여겨졌다. 아직도 서름서름한 사인데 너무 과하지 않았을까 하고 마음이 섬뜩해졌다.

주제도 넘지, 같은 술손님이면서도 아무리 젊다고 자식 낳게

---

* 난질꾼 술과 색에 빠져 방탕하게 놀기를 잘 하는 사람.
* 결김에 화가 난 나머지.

된 것을 붙들고 치고 닦아세울 것은 무어야, 원. 충줏집은 입술을 쫑긋하고 술 붓는 솜씨도 거칠었으나, 젊은 애들한테는 그것이 약이 된다나 하고 그 자리는 조 선달이 얼버무려 넘겼다. 너, 녀석한테 반했지? 애숭이를 빨면 죄된다.

한참 법석을 친 후이다. 담도 생긴데다가 웬일인지 흠뻑 취해 보고 싶은 생각도 있어서 허 생원은 주는 술잔이면 거의 다 들이켰다. 거나해짐을 따라 계집 생각보다도 동이의 뒷일이 한결같이 궁금해졌다.

내 꼴에 계집을 가로채서는 어떡할 작정이었누, 하고 어리석은 꼬락서니를 모질게 책망하는 마음도 한편에 있었다. 그렇기 때문에 얼마나 지난 뒤인지 동이가 헐레벌떡거리며 황급히 부르러 왔을 때에는, 마시던 잔을 그 자리에 던지고 정신없이 허덕이며 충줏집을 뛰어나간 것이었다.

"생원 당나귀가 바*를 끊구 야단이에요."

"각다귀들 장난이지, 필연코."

짐승도 짐승이려니와 동이의 마음씨가 가슴을 울렸다. 뒤를

---

* 바 삼이나 칡 따위를 엮어 굵다랗게 드린 줄.

따라 장판을 달음질하려니 거슴츠레한 눈이 뜨거워질 것 같다.

"부락스런 녀석들이라 어쩌는 수 있어야죠."

"나귀를 몹시 구는 녀석들은 그냥 두지 않을걸."

반평생을 같이 지내온 짐승이었다. 같은 주막에서 잠자고 같은 달빛에 젖으면서 장에서 장으로 걸어다니는 동안에, 이십 년의 세월이 사람과 짐승을 함께 늙게 하였다. 가스러진* 목 뒤 털은 주인의 머리털과도 같이 바스러지고, 개진개진 젖은 눈은 주인의 눈과 같이 눈곱을 흘렸다. 몽당비처럼 짧게 쏠리운 꼬리는 파리를 쫓으려고 기껏 휘저어 보아야 벌써 다리까지는 닿지 않았다. 닳아 없어진 굽을 몇 번이나 도려내고 새 철을 신겼는지 모른다. 굽은 벌써 더 자라기는 틀렸고, 닳아버린 철 사이로는 피가 빼짓이 흘렀다. 냄새만 맡고도 주인을 분간하였다. 호소하는 목소리로 야단스럽게 울며 반겨한다.

어린아이를 달래듯이 목덜미를 어루만져 주니 나귀는 코를 벌름거리고 입을 투르르거렸다. 콧물이 튀었다. 허 생원은 짐승 때문에 속도 무던히는 썩었다. 아이들의 장난이 심한 눈치여서 땀

---

* 가스러지다 잔털 따위가 좀 거칠게 일어나다.

밴 몸뚱어리가 부들부들 떨리고 좀체 흥분이 식지 않는 모양이었다. 굴레가 벗어지고 안장도 떨어졌다.

요 몹쓸 자식들, 하고 허 생원은 호령을 하였으나 패들은 벌써 줄행랑을 놓은 뒤요, 몇 남지 않은 아이들이 호령에 놀라 비슬비슬 멀어졌다.

"우리들 장난이 아니우. 암놈을 보고 저 혼자 발광이지."

코흘리개 한 녀석이 멀리서 소리를 쳤다.

"고 녀석 말투가……."

"김 첨지 당나귀가 가 버리니까 온통 흙을 차고 거품을 흘리면서 미친 소같이 날뛰는걸. 꼴이 우스워 우리는 보고만 있었다우. 배를 좀 보지."

아이는 앵돌아진* 투로 소리를 치며 깔깔 웃었다.

허 생원은 모르는 결에 낯이 뜨거워졌다. 뭇 시선을 막으려고 그는 짐승의 배 앞을 가리워 서지 않으면 안 되었다.

"늙은 주제에 암샘을 내는 셈이야, 저놈의 짐승이."

아이의 웃음소리에 허 생원은 주춤하면서 기어이 견딜 수 없

---

* 앵돌다 팩 토라지다.

어 채찍을 들더니 아이를 쫓았다.

"쫓으려거든 쫓아보지. 왼손잡이가 사람을 때려."

줄달음에 달아나는 각다귀에게는 당할 재주가 없었다. 왼손잡이는 아이 하나도 후릴 수 없다.

그만 채찍을 던졌다. 술기도 돌아 몸이 유난스럽게 화끈거렸다.

"그만 떠나세. 녀석들과 어울리다가는 한이 없어. 장판의 각다귀들이란 어른보다도 더 무서운 것들인걸."

조 선달과 동이는 각각 제 나귀에 안장을 얹고 짐을 싣기 시작하였다. 해가 꽤 많이 기울어진 모양이었다.

드팀전 장돌뱅이를 시작한 지 이십 년이나 되어도 허 생원은 봉평 장을 빼놓은 적은 드물었다. 충주, 제천 등의 이웃 군에도 가고, 멀리 영남 지방도 헤매기는 하였으나 강릉쯤에 물건 하러 가는 외에는 처음부터 끝까지 군내를 돌아다녔다. 닷새만큼씩의 장날에는 달보다도 확실하게 면에서 면으로 건너간다. 고향이 청주라고 자랑삼아 말하였으나 고향에 돌보러 간 일도 있는 것 같지는 않았다. 장에서 장으로 가는 길의 아름다운 강산이 그대로 그에게는 그리운 고향이었다.

반날 동안이나 뚜벅뚜벅 걷고 장터 있는 마을에 거의 가까웠

을 때, 지친 나귀가 한바탕 우렁차게 울면 — 더구나 그것이 저녁
녘이어서 등불들이 어둠 속에 깜박거릴 무렵이면 늘 당하는 것
이건만, 허 생원은 변치 않고 언제든지 가슴이 뛰었다.

젊은 시절에는 알뜰하게 벌어 돈푼이나 모아 본 적도 있기는
있었으나, 읍내에 백중百中/百衆이 열린 해 호탕스럽게 놀고 투전
을 하고 하여 사흘 동안에 다 털어 버렸다. 나귀까지 팔게 된 판
이었으나 애끓는 정분에 그것만은 이를 물고 단념하였다.

결국 도로아미타불로 장돌이를 다시 시작할 수밖에는 없었다.
짐승을 데리고 읍내를 도망해 나왔을 때에는 너를 팔지 않기를
다행이었다고 길가에서 울면서 짐승의 등을 어루만졌던 것이다.

빚을 지기 시작하니 재산을 모을 염*은 당초에 틀리고 간신히
입에 풀칠을 하러 장에서 장으로 돌아다니게 되었다.

호탕스럽게 놀았다고는 해도 계집 하나 후려보지는 못했다.
계집이란 쌀쌀하고 매정한 것이었다. 평생 인연이 없는 것이라
고 신세가 서글퍼졌다. 일신에 가까운 것이라고는 언제나 변함
없는 한 필의 당나귀였다.

---

* 염 念 무엇을 하려고 하는 생각이나 마음.

그렇다고는 해도 꼭 한 번의 첫일을 잊을 수는 없었다. 뒤에도 처음에도 없는 단 한 번의 괴이한 인연! 봉평에 다니기 시작한 젊은 시절의 일이었으나, 그것을 생각할 적만은 그도 산 보람을 느꼈다.

"달밤이었으나 어떻게 해서 그렇게 됐는지 지금 생각해도 도무지 알 수 없어."

허 생원은 오늘 밤도 또 그 이야기를 끄집어내려는 것이다. 조 선달은 친구가 된 이래 귀에 못이 박히도록 들어왔다. 그렇다고 싫증을 낼 수도 없었으나 허 생원은 시치미를 떼고 되풀이할 대로 되풀이하고야 말았다.

"달밤에는 그런 이야기가 격에 맞거든."

조 선달 편을 바라는 보았으나 물론 미안해서가 아니라 달빛에 감동하여서였다. 이지러는 졌으나 보름을 갓 지난 달은 부드러운 빛을 흐뭇이 흘리고 있다.

대화까지는 팔십 리의 밤길, 고개를 둘이나 넘고 개울을 하나 건너고 벌판과 산길을 걸어야 된다.

길은 지금 긴 산허리에 걸려 있다. 밤중을 지난 무렵인지 죽은 듯이 고요한 속에서 짐승 같은 달의 숨소리가 손에 잡힐 듯이 들

리며 콩 포기와 옥수수 잎새가 한층 달에 푸
르게 젖었다.

산허리는 온통 메밀밭이어서 피기 시작한
꽃이 소금을 뿌린 듯이 흐뭇한 달빛에 숨이 막힐 지경이다. 붉은
대궁이 향기같이 애잔하고 나귀들의 걸음도 시원하다.

길이 좁은 까닭에 세 사람은 나귀를 타고 외줄로 늘어섰다. 방
울 소리가 시원스럽게 딸랑딸랑 메밀밭께로 흘러간다.

앞장선 허 생원의 이야기 소리는 꽁무니에 선 동이에게는 확
실히는 안 들렸으나, 그는 그대로 개운한 제멋에 적적하지는 않
았다.

"장 선 꼭 이런 날 밤이었네. 객줏집 토방이란 무더워서 잠이
들어야지. 밤중은 돼서 혼자 일어나 개울가에 목욕하러 나갔지.
봉평은 지금이나 그제나 마찬가지지. 보이는 곳마다 메밀밭이어
서 개울가가 어디 없이 하얀 꽃이야. 돌밭에 벗어도 좋을 것을 달
이 너무도 밝은 까닭에 옷을 벗으러 물방앗간으로 들어가지 않
았나. 이상한 일도 많지. 거기서 난데없는 성 서방네 처녀와 마주
쳤단 말이네. 봉평서야 제일가는 일색이었지— 팔자에 있었나
부지."

아무렴, 하고 응답하면서 말머리를 아끼는 듯이 한참이나 담배를 빨 뿐이었다. 구수한 자줏빛 연기가 밤기운 속에 흘러서는 녹았다.

"날 기다린 것은 아니었으나, 그렇다고 달리 기다리는 놈팡이가 있는 것두 아니었네. 처녀는 울고 있단 말이야. 짐작은 대고 있었으나 성 서방네는 한참 어려워서 들고날 판인 때였지. 한집안 일이니 딸에겐들 걱정이 없을 리 있겠나. 좋은 데만 있으면 시집도 보내련만 시집은 죽어도 싫다지……. 그러나 처녀란 울 때같이 정을 끄는 때가 있을까. 처음에는 놀라기도 한 눈치였으나 걱정이 있을 때는 누그러지기도 쉬운 듯해서 이럭저럭 이야기가 되었네. ……생각하면 무섭고도 기막힌 밤이었어."

"제천인지로 줄행랑을 놓은 건 그 다음날이렷다."

"다음 장도막*에는 벌써 온 집안이 사라진 뒤였네. 장판은 소문에 발끈 뒤집혀 고작해야 술집에 팔려가기가 상수*라고 처녀의 뒷공론이 자자들 하단 말이야. 제천 장판을 몇 번이나 뒤졌겠

---

* 장도막 한 장날로부터 다음 장날 사이의 동안을 세는 단위.
* 상수 常數 자연으로 정해진 운명.

나. 허나 처녀의 꼴은 꿩 궈먹은 자리야. 첫날밤이 마지막 밤이었지. 그때부터 봉평이 마음에 든 것이 반평생을 두고 다니게 되었네. 평생인들 잊을 수 있겠나."

"수 좋았지. 그렇게 신통한 일이란 쉽지 않어. 항용* 못난 것 얻어 새끼 낳고 걱정 늘고 생각만 해두 진저리나지……. 그러나 늘그막바지까지 장돌뱅이로 지내기도 힘드는 노릇 아닌가. 난 가을까지만 하구 이 생계와도 하직하려네. 대화쯤에 조그만 전방이나 하나 벌이구 식구들을 부르겠어. 사시장철 뚜벅뚜벅 걷기란 여간이래야지."

"옛 처녀나 만나면 같이나 살까……. 난 거꾸러질 때까지 이 길 걷고 저 달 볼 테야."

산길을 벗어나니 큰길로 틔어졌다. 꽁무니의 동이도 앞으로 나서 나귀들은 가로 늘어섰다.

"총각두 젊것다, 지금이 한창 시절이렷다. 충줏집에서는 그만 실수를 해서 그 꼴이 되었으나 섧게 생각 말게."

"처, 천만에요. 되려 부끄러워요. 계집이란 지금 웬 제격인가

* 항용 恒用 흔히 늘.

요. 자나깨나 어머니 생각뿐인데요."

허 생원의 이야기로 실심해* 한 끝이라 동이의 어조는 한풀 수 그러진 것이었다.

"아비 어미란 말에 가슴이 터지는 것도 같았으나 제겐 아버지가 없어요. 피붙이라고는 어머니 하나뿐인 걸요."

"돌아가셨나?"

"당초부터 없어요."

"그런 법이 세상에…… ."

생원과 선달이 야단스럽게 껄껄들 웃으니, 동이는 정색하고 우길 수밖에는 없었다.

"부끄러워서 말하지 않으려 했으나 정말예요. 제천 촌에서 달도 차지 않은 아이를 낳고 어머니는 집을 쫓겨났죠. 우스운 이야기이나, 그렇기 때문에 지금까지 아버지 얼굴도 본 적 없고, 있는 고장도 모르고 지내 와요."

고개가 앞에 놓인 까닭에 세 사람은 나귀를 내렸다. 둔덕은 험하고 입을 벌리기도 대근하여* 이야기는 한동안 끊겼다. 나귀는

---

* 실심하다 失心 근심 경적으로 맥이 빠지고 마음이 산란해지다.

건듯하면 미끄러졌다. 허 생원은 숨이 차 몇 번이고 다리를 쉬지 않으면 안 되었다. 고개를 넘을 때마다 나이가 알렸다. 동이 같은 젊은 축이 그지없이 부러웠다. 땀이 등을 한바탕 쪽 씻어 내렸다.

고개 너머는 바로 개울이었다. 장마에 흘러버린 널다리가 아직도 걸리지 않은 채로 있는 까닭에 벗고 건너야 되었다. 고의*를 벗어 띠로 등에 얽어매고 반벌거숭이의 우스꽝스런 꼴로 물속에 뛰어들었다. 금방 땀을 흘린 뒤였으나 밤 물은 뼈를 찔렀다.

"그래, 대체 기르긴 누가 기르구?"

"어머니는 하는 수 없이 의부를 얻어 가서 술 장사를 시작했죠. 술이 고주*래서 의부하고 전 망나니예요. 철들어서부터 맞기 시작한 것이 하룬들 편한 날이 있었을까. 어머니는 말리다가 채이고 맞고 칼부림을 당하고 하니 집꼴이 무어겠소. 열여덟 살 때 집을 뛰쳐나와서부터 이 짓이죠."

"총각 낫세론 동이 무던하다고 생각했더니 듣고 보니 딱한 신

------

* 대근하다　견디기가 어지간히 힘들고 만만하지 않다.
* 고의　남자의 여름 홑바지.
* 고주　술에 몹시 취하여 정신을 가누지 못하는 상태. 또는 그런 사람. 고주망태.

세로군."

물은 깊어 허리까지 찼다. 속 물살도 어지간히 센데다가 발에
채이는 돌멩이도 미끄러워 금시에 훌칠 듯하였다. 나귀와 조 선
달은 재빨리 거의 건넜으나 동이는 허 생원을 붙드느라고 두 사
람은 훨씬 떨어졌다.

"모친의 친정은 원래부터 제천이었던가?"

"웬걸요. 시원스레 말은 안해 주나 봉평이라는 것만은 들었
죠."

"봉평? 그래, 그 아비 성은 무엇이구?"

"알 수 있나요. 도무지 듣지를 못했으니까."

"그, 그렇겠지."

하고 중얼거리며 흐려지는 눈을 까물까물하다가 허 생원은 경망
하게도 발을 빗디뎠다. 앞으로 고꾸라지기가 바쁘게 몸째 풍덩
빠져 버렸다. 허우적거릴수록 몸을 걷잡을 수 없어 동이가 소리
를 치며 가까이 왔을 때에는 벌써 퍽이나 흘렀었다. 옷째 쫄딱 젖
으니 물에 젖은 개보다도 참혹한 꼴이었다.

동이는 물 속에서 어른을 해깝게* 업을 수 있었다. 젖었다고는
하여도 여윈 몸이라 장정 등에는 오히려 가벼웠다.

"이렇게까지 해서 안됐네. 내 오늘은 정신이 빠진 모양이야."

"염려하실 것 없어요."

"그래, 모친은 아비를 찾지는 않는 눈치지?"

"늘 한 번 만나고 싶다고는 하는데요."

"지금 어디 계신가?"

"의부와도 갈라져서 제천에 있죠. 가을에는 봉평에 모셔오려고 생각 중인데요. 이를 물고 벌면 이럭저럭 살아갈 수 있겠죠."

"아무렴, 기특한 생각이야. 가을이렷다?"

동이의 탐탁한 등허리가 뼈에 사무쳐 따뜻하다. 물을 다 건넜을 때에는 도리어 서글픈 생각에 좀 더 업혔으면도 하였다.

"진종일 실수만 하니 웬일이오, 생원?"

조 선달은 바라보며 기어코 웃음이 터졌다.

"나귀야, 나귀 생각하다 실족을 했어. 말 안했던가. 저 꼴에 제법 새끼를 얻었단 말이지. 읍내 강릉집 피마에게 말일세. 귀를 쫑긋 세우고 달랑달랑 뛰는 것이 나귀 새끼같이 귀여운 것이 있을까. 그것 보러 나는 일부러 읍내를 도는 때가 있다네."

---

* 해깝다   '가볍다'의 방언.

"사람을 물에 빠치울 젠 딴은 대단한 나귀 새끼군."

허 생원은 젖은 옷을 웬만큼 짜서 입었다. 이가 덜덜 갈리고 가슴이 떨리며 몹시도 추웠으나 마음은 알 수 없이 둥실둥실 가벼웠다.

"주막까지 부지런히들 가세나. 뜰에 불을 피우고 훗훗이 쉬어. 나귀에겐 더운 물을 끓여주고. 내일 대화 장 보고는 제천이다."

"생원도 제천으로……?"

"오래간만에 가 보고 싶어. 동행하려나, 동이?"

나귀가 걷기 시작하였을 때, 동이의 채찍은 왼손에 있었다. 오랫동안 어둑신이같이 눈이 어둡던 허 생원도 요번만은 동이의 왼손잡이가 눈에 띄지 않을 수 없었다.

걸음도 해깝고 방울 소리가 밤 벌판에 한층 청청하게 울렸다.

달이 어지간히 기울어졌다.

하늘의 별이 와르르 얼굴 위에 쏟아질 듯싶게
가까웠다 멀어졌다 한다.
별 하나 나 하나, 별 둘 나 둘, 별 셋 나 셋······.
······
세는 동안에 중실은 제 몸이 스스로 별이 됨을 느꼈다.

산

1

    나무하던 손을 쉬고 중실은 발 밑의 깨금나무* 포기를 들췄다. 지천으로 떨어지는 깨금알이 손안에 오르르 들었다. 익을 대로 익은 제철의 열매가 어금니 사이에서 오드득 두 쪽으로 갈라졌다.

    돌을 집어 던지면 깨금알같이 오드득 깨어질 듯한 맑은 하늘, 물고기 등같이 푸르다. 높게 뜬 조각 구름 떼가 해변에 뿌려진 조개 껍질같이 유난스럽게도 한편에 옹졸봉졸* 몰려들었다.

---

* 깨금나무 '개암나무'의 방언.

높은 산등이라 하늘이 가까우련만 마을에서 볼 때와 일반으로 멀다. 구만 리일까, 십만 리일까.

골짜기에서의 생각으로는 산기슭에만 오르면 만져질 듯하던 것이 산허리에 나서면 단번에 구만 리를 내빼는 가을 하늘.

산 속의 아침 나절은 졸고 있는 짐승같이 막막은 하나 숨결이 은근하다. 휘엿한 산등은 누워 있는 황소의 등허리요, 바람결도 없는데 쉴 새 없이 파르르 나부끼는 사시나무 잎새는 산의 숨소리다.

첫눈에 띄는 하아얗게 분장한 자작나무는 산 속의 일색—色. 아무리 단장한대야 사람의 살결이 그렇게 흴 수 있을까.

수북이 들어선 나무는 마을의 인총*보다도 많고, 사람의 성姓보다도 종자가 흔하다. 고요하게 무럭무럭 걱정 없이 잘들 자란다. 산오리나무, 물오리나무, 가락나무, 참나무, 졸참나무, 박달나무, 사수레나무, 떡갈나무, 피나무, 물가리나무, 싸리나무, 고로쇠나무. 골짜기에는 산사나무, 아그배나무, 갈매나무, 개옷나

---

* 옹졸봉졸 '올망졸망' 의 잘못. 크기가 고르지 않은 작은 아이들이나 물건들이 많이 모여 있는 모양, 북한어.

* 인총 人總 인구.

무, 엄나무. 산등에 간간이 섞여 어느 때나 푸르고 향기로운 소나무, 잣나무, 전나무, 향나무, 노가지_{노간주}나무 — 걱정 없이 무럭무럭 잘들 자라는 — 산 속은 고요하나 웅성한 아름다운 세상이다. 과실같이 싱싱한 기운과 향기. 나무 향기, 흙 냄새, 하늘 향기. 마을에서는 찾아볼 수 없는 향기다.

낙엽 속에 파묻혀 앉아 깨금을 알뜰히 바수는* 중실은 이제 새삼스럽게 그 향기를 생각하고 나무를 살피고 하늘을 바라보는 것이 아니었다. 그런 것은 한데 합쳐서 몸에 함빡 젖어들어 전신을 가지고 모르는 결에 그것을 느낄 뿐이다. 산과 몸이 빈틈없이 한데 얼린* 것이다.

눈에는 어느 결엔지 푸른 하늘이 물들었고, 피부에는 산 냄새가 배었다. 바심*할 때의 짚북데기보다도 부드러운 나뭇잎 — 여러 자 깊이로 쌓이고 쌓인 깨금잎, 가랑잎, 떡갈잎의 부드러운 보료 — 속에 몸을 파묻고 있으면 몸뚱어리가 마치 땅에서 솟아난

---

* 바수다 여러 조각이 나게 두드려 잘게 깨뜨리다.
* 얼리다 '어울리다'의 준말.
* 바심 곡식의 이삭을 떨어서 낟알을 거두는 일. 타작.

한 포기의 나무와도 같은 느낌이다. 소나무, 참나무 총중*의 한 대의 나무다. 두 발은 뿌리요, 두 팔은 가지다. 살을 베면 피 대신에 나뭇진이 흐를 듯하다. 잠자코 섰는 나무들의 주고받는 은근한 말을, 나뭇가지의 고갯짓하는 뜻을, 나뭇잎의 소곤거리는 속심을 총중의 한 포기로서 넉넉히 짐작할 수 있다.

해가 쬘 때에 즐겨하고, 바람 불 때 농탕치고, 날 흐릴 때 얼굴을 찡그리는 나무들의 풍속과 비밀을 역력히 번역해 낼 수 있다. 몸은 한 포기의 나무다.

별안간 부드득 솟아오르는 힘을 느끼고 중실은 벌떡 뛰어 일어났다. 쭉 펴는 네 활개에 힘이 뻗쳐 금시에 그대로 하늘에라도 오를 듯싶다. 넘치는 힘을 보낼 곳 없어 할 수 없이 입을 크게 벌리고 하늘이 울려라 고함을 쳤다. 땅에서 솟는 산 정기의 힘차고 단순한 목소리다. 산이 대답하고 나뭇가지가 고갯짓한다. 또 하나 그 소리에 대답한 것은 맞은편 산허리에서 불시에 푸드득 날아 뜨는 한 자웅*의 꿩이었다. 살찐 까투리의 꽁지를 물고 나는

---

* 총중　叢中　한 떼의 가운데.
* 자웅　雌雄　암수.

장끼의 오색 날개가 맑은 하늘에 찬란하게 빛났다.

살찐 꿩을 보고 중실은 문득 배가 허출함을 깨달았다. 아래편
골짜기 개울 옆에 간직해 둔 노루 고기와 가랑잎 새에 싸둔 개꿀*
이 있음을 생각하고 다시 낫을 집어들었다.

첫 참 때까지는 한짐을 채워 놓아야 파장되기 전에 읍내에 다
다르겠고, 팔아 가지고는 어둡기 전에 다시 산으로 돌아와야 할
것이다. 한참 쉰 뒤라 팔에는 기운이 남았다.

버스럭거리는 나뭇잎 소리가 품안에 요란하고 맑은 기운이 몸
을 한바탕 멱 감긴 것 같다. 산은 마을보다 몇 곱절 살기 좋은가.
산에 들어오기를 잘했다고 중실은 생각하였다.

2

세상에 머슴살이같이 잇속* 적은 생업은 없다.

싸울래 싸운 것이 아니라 김 영감 편에서 투정을 건 셈이다.

---

* 개꿀 所出 벌통에서 떠낸, 벌집에 들어 있는 상태의 꿀.
* 잇속 이익이 적은 실속.

지금 와 보면 처음부터 쫓아낼 의사였던 것이 확실하다. 중실은 머슴 산 지 칠 년에 아무것도 쥔 것 없이 맨주먹으로 살던 집을 쫓겨났다. 원통은 하였으나 애통하지는 않았다.

해마다 사경을 또박또박 받아본 일 없다. 옷 한 벌 버젓하게 얻어 입은 적 없다. 명절에는 놀이할 돈도 푼푼이* 없이 늘 개보름 쇠듯* 하였다.

장가 들이고 집 사고 살림을 내준다던 것도 헛소리였다. 첩을 건드렸다는 생뚱같은 다짐이었으나, 그것은 처음부터 계책한 억지요, 졸색*의 둥글개* 따위에는 손댈 염(念)도 없었던 것이다. 빨래하러 갔던 첩과 동구 밖에서 마주쳐 나뭇짐을 지고 앞서고 뒤서서 돌아왔다고 의심받을 법은 없다. 첩과 수상한 놈팡이는 도리어 다른 곳에 있는 것을, 애매한 중실에게 엉뚱한 분풀이가 돌

---

* 푼푼하다 모자람이 없이 넉넉하다.
* 개보름 쇠듯 하다 지난 날, 정월 대보름날에 개에게 음식을 주면 그 해에 파리가 많이 꼬인다고 여겨 개를 매어 두고 굶기던 풍습에서 나온 말로 여기서는 '남들이 다 잘 먹고 지내는 명절에 변변히 먹지도 못하고 지냄'을 비유해 이른다.
* 졸색 拙色 아주 못생긴 용모. 또는 그런 용모의 여자.
* 둥글개 둥글개첩. 등의 가려운 곳을 긁어주는 첩이라는 뜻으로, 늙은이가 데리고 사는 젊은 첩을 이르는 말.

아온 셈이었다. 가살스런 첩의 행실을 휘어잡지 못하고 늘그막 판에 속 태우는 영감의 신세가 하기는 가엾기는 하다. 더욱 엉클어질 앞날을 생각하고 중실은 차라리 하직하고 나온 것이었다.

넓은 하늘 밑에서도 갈 곳이 없다. 제일 친한 곳이 늘 나무하러 가던 산이었다. 짚북데기보다도 부드러운 두툼한 나뭇잎의 맛이 생각났다. 그 넓은 세상은 사람을 배반할 것 같지는 않았다. 빈 지게만을 걸머지고 산으로 들어갔다. 그 속에서 얼마 동안이나 견딜 수 있을까가 한 시험도 되었다.

박중골에서도 오 리나 들어간, 마을과 사람과는 인연이 먼 산협*이다. 산등이 펑퍼짐하고, 양지쪽에 해가 잘 쬐고, 골짜기에 개울이 흐르고, 개울가에 나무 열매가 지천으로 열려 있는 곳이다. 양지쪽에서는 나무하러 왔다 낮잠을 잔 적도 여러 번이었다. 개울가에 불을 피우고 밭에서 뜯어 온 옥수수 이삭을 구웠다. 수풀 속에서 찾은 으름과 나뭇가지에 익어 시든 아그배*와 산사*로

---

* 산협 山峽 산 속의 골짜기.
* 아그배 산에서 자생하는 아그배나무의 열매로 모양은 배와 비슷하나 구슬 크기 정도로 작고 맛
   이 시고 떫다.
* 산사 山査 가을에 열리는 산사나무의 붉은 열매. 산사자.

배가 불렀다. 나뭇잎을 모아 그 속에 푹 파고든 잠자리도 그다지
춥지는 않았다.

이튿날 산을 헤매다가 공교롭게도 주영나무 가지에 야트막하
게 달린 벌집을 찾아냈다. 담배 연기를 피워 벌떼를 어지러뜨리
고 깜쪽같이 집을 들어냈다. 속에는 맑은 꿀이 차 있었다.

사람은 살게 마련인 듯싶다. 꿀은 조금으로도 요기가 되었다.
개*와 함께 여러 날 양식이 되었다.

꿀이 다 떨어지지도 않은 그저께 밤에는 맞은편 심산에 산불
이 보였다. 백일홍같이 새빨간 불꽃이 어둠 속에 가깝게 솟아올
랐다. 낮부터 타기 시작한 것이 밤에 들어가서 겨우 알려진 것이
다. 누에에게 먹이는 뽕잎같이 아물아물 해어지는 것 같으나, 기
실은* 한자리에서 아롱아롱 타는 것이었다. 아귀의 혀끝같이 널
름거리는 불꽃이 세상에도 아름다웠다. 울밑의 꽃보다도, 비단
결보다도, 무지개보다도, 맨드라미보다도 곱고 장하다.

중실은 알 수 없이 신이 나서 몽둥이를 들고 산등을 달아 오르

---

* 개 꿀벌이 그 애벌레를 기르거나 꽃꿀, 꽃가루 따위를 저장하기 위하여 만든 벌집.
* 기실은 其實 사실은.

고 골짜기를 건너 불붙는 곳으로 끌려 들어갔다. 가깝게 보이던 것과는 딴판으로 꽤 멀었다. 불은 산등에서 산등으로 둘러붙어 골짜기로 타 내려갔다. 화기가 확확 끼쳐 가까이 갈 수 없었다. 후끈후끈 무더웠다. 나무 뿌리가 탁탁 튀며 땅이 쩽쩽 울렸다. 민출한 자작나무는 가지가지에 불이 피어올라 한 포기의 산호수 같은 불나무로 변하였다. 헛되이 타는 모두가 아까웠다. 중실은 어쩌는 수 없이 몽둥이를 쓸데없이 휘두르며 불 테두리를 빙빙 돌 뿐이었다. 불은 힘에 부치는 것이었다.

확실히 간 보람은 있었다. 그을려진 노루 한 마리를 얻은 것이다. 불 테두리를 뚫고 나오지 못한 노루는 산골짜기에서 뱅뱅 돌다 결국 불벼락을 맞은 것이다. 물론 그것을 얻은 때는 불도 거의 다 탄 새벽녘이었으나 외로운 짐승이 몹시 가여웠다. 그러나 이미 죽은 후의 고기라 중실은 그것을 짊어지고 산으로 돌아갔다. 사람을 살리자는 산의 뜻이라고 비위 좋게 생각하면 그만이었다. 여러 날 동안의 흐뭇한 양식이 되었다. 다만 한 가지 그리운 것이 있었다. 짠맛 — 소금이었다.

사람은 그립지 않으나, 소금이 그리웠다. 그것을 얻자는 생각으로만 마을이 그리웠다.

3

힘 자라는 데까지 졌다.

이십 리 길을 부지런히 걸으려
니 잔등에 땀이 내뱄다. 걸음을
따라 나뭇짐이 휘청휘청 앞으로
휘었다.

간신히 파장 전에 대었다.

나무를 판 때의 마음이 이날같
이 즐거운 적은 없었다.

물건을 산 때의 마음도 이날같이 즐거운 적은 없었다.

그것은 짜장 필요한 물건이기 때문이다.

나무 판 돈으로 중실은 감자 말과 좁쌀 되와 소금과 냄비를 샀
다. 산 속의 호젓한 살림에는 이것으로써 족하리라고 생각되었
다. 목숨을 이어가는 데 해어*쯤이 없으면 어떨까도 생각되었다.

올 때보다 짐이 단출하여 지게가 가벼웠다. 거리의 살림은 전
과 다름없이 어수선하고 지지부레하였다. 더 나아진 것도 없으

---

* 해어　海魚　바닷물고기.

려니와 못해진 것도 없다. 술집 골방에서 왁자지껄하게 싸우는 것도 전과 다름없다.

이상스러운 것은 그런 거리의 살림살이가 도무지 마음을 당기지 않는 것이다. 앙상한 사람들의 얼굴이 그다지 그리운 것이 아니었다.

무슨 까닭으로 산이 이렇게도 그리울까. 편벽된 마음을 의심도 하여 보았다. 그러나 별로 이치도 없었다. 덮어놓고 양지쪽이 좋고, 자작나무가 눈에 들고 떡갈잎이 마음을 끄는 것이다. 평생 산에서 살도록 태어났는지도 모른다.

김 영감의 그 후의 소식은 물어낼 필요도 없었으나, 거리에서 만난 박 서방 입에서 우연히 한 구절 얻어 듣게 되었다.

병든 둥글개첩은 기어코 김 영감의 눈을 감춰 최 서기와 줄행랑을 놓았다. 종적을 수색중이나 아직도 오리무중이라 한다.

사랑방에서 고시랑고시랑 잠을 못 이룰 육십 노인의 꼴이 측은하게 눈에 떠올랐다. 애매한 머슴을 내쫓았음을 뉘우치리라고도 생각되었다.

그러나 중실에게는 물론 다시 살러 들어갈 뜻도, 노인을 위로하고 싶은 친절도 가지기 싫었다.

다만 거리의 살림살이라는 것이 더한층 어수선하게 여겨질 뿐
이었다.

산으로 향하는 저녁 길이 한결 개운하다.

4

개울가에 냄비를 걸고 서투른 솜씨로 지은 저녁을 마쳤을 때
에는 밤이 적이 어두웠다.

깊은 하늘에 별이 총총 돋고, 초승달이 나뭇가지를 올가미 지
웠다. 새들도 깃들이고, 바람도 자고, 개울물만이 쫄쫄쫄쫄 숨쉰
다. 검은 산등은 잠든 황소다.

등걸불*이 탁탁 튄다. 나뭇잎 타는 냄새가 몸을 휩싸며 구수하
다. 불을 쪼이며 담배를 피우니 몸이 훈훈하다. 더 바랄 것 없이
마음이 만족스럽다.

한 가지 욕심이 솟아올랐다.

밥 짓는 일이란 머스마 할 일이 못 된다. 사내 자식은 역시 밭

---

* 등걸불 타다가 남은 불. 또는 나무를 베어 내고 남은 밑동을 태우는 불.

갈고 나무 하는 것이 옳은 것이다. 장가를 들려면 이웃집 용녀만한 색시는 없다. 용녀를 데려다 밥일을 맡길 수밖에는 없다고 생각하였다.

용녀를 생각만 하여도 즐겁다. 궁리가 차례차례로 솔솔 풀렸다.

굵은 나무를 베어다 껍질째 토막을 내어 양지쪽에 쌓아 올려 단칸의 조촐한 오두막을 짓겠다.

펑퍼짐한 산허리를 일궈 밭을 만들고 봄부터 감자와 귀리를 갈 작정이다. 오랍뜰*에 우리를 세우고 염소와 돼지와 닭을 칠 터. 산에서 노루를 산 채로 붙들면 우리 속에 같이 기르고, 용녀가 집일을 하는 동안에 밭을 가꾸고 나무를 할 것이며, 아이를 낳으면 소같이, 산같이 튼튼하게 자라렷다. 용녀가 만약 말을 안 들으면 밤중에 내려가 가만히 업어 올걸. 한번 산에만 들어오면 별 수 없지.

불이 거의 거의 스러지고, 물 소리가 더한층 맑다.

별들이 어지럽게 깜박거린다.

달이 다른 나뭇가지에 걸렸다.

---

* 오랍뜰 '오래뜰'의 방언. 대문이나 중문 안에 있는 뜰.

나머지 등걸불을 발로 비벼 끄니 골짜기는 더한층 막막하다. 어느 맘 때인지 산 속에서는 때도 분별할 수 없다.

　자기가 이른지 늦은지도 모르면서 나무 밑 잠자리로 향하였다.

　낟가리같이 두두룩하게 쌓인 낙엽 속에 몸을 송두리째 파묻고 얼굴만을 빼꼼히 내놓았다.

　몸이 차차 푸근하여 온다.

　하늘의 별이 와르르 얼굴 위에 쏟아질 듯싶게 가까웠다 멀어졌다 한다.

　별 하나 나 하나, 별 둘 나 둘, 별 셋 나 셋…….

　어느 결엔지 별을 세고 있었다. 눈이 아물아물하고 입이 뒤바뀌어 수효가 틀려지면 다시 목소리를 높여 처음부터 고쳐 세곤 하였다.

　별 하나 나 하나, 별 둘 나 둘, 별 셋 나 셋…….

　세는 동안에 중실은 제 몸이 스스로 별이 됨을 느꼈다.

캄캄하던 눈앞이 차차 밝아지며
거물거물 움직이는 것이 보이고 귀가 뚫리며 요란한 음향이
전신을 쓸어 없앨 듯이 우렁차게 들렸다.
우레 소리가……바다 소리가……바퀴 소리가…….
별안간 눈앞이 환해지더니 열차의 마지막 바퀴가
쏜살같이 눈앞을 달아났다.

돈豚

옛성 모롱이* 버드나무 까치 둥우리 위에 푸르퉁퉁한 하늘이 얕게 드리웠다. 토끼 우리에서는 하이얀 양토끼가 고슴도치 모양으로 까칠하게 웅크리고 있다. 능금나무 가지를 간들간들 흔들면서 벌판을 불어오는 바닷바람이 채 녹지 않은 눈 속에 덮인 종묘장*보리밭에 휩쓸려 도야지 우리에 모질게 부딪친다.

우리 밖 네 귀의 말뚝 안에 얽어 매인 암돼지는 바람을 맞으면

---

* 모롱이 산모퉁이의 휘어 둘린 곳.
* 종묘장 種苗場 식물의 씨앗·모종·묘목 등을 심어서 기르는 곳.

서 유난히 소리를 친다. 말뚝을 싸고 도는 종묘장 씨돝*은 시뻘
건 입에 거품을 품으면서 말뚝의 뒤를 돌아 그 위에 덥석 앞다리
를 걸었다. 시꺼먼 바위 밑에 눌린 자라 모양인 암토야지는 날카
로운 비명을 올리며 전신을 요동한다. 미끄러진 씨돝은 게걸떡
거리며 다시 말뚝을 싸고 돈다. 앞뒤 우리에서 응하는 도야지들
고함에 오후의 종묘장 안은 떠들썩하다.

　반시간이 넘어도 여의치 않았다. 둘러싸고 보던 사람들도 흥
이 식어서 주춤주춤 움직인다. 여러 번째 말뚝 위에 덮쳤을 때에
육중한 힘에 말뚝이 와싹 무지러지면서, 그 바람에 밑에 깔렸던
도야지는 말뚝의 테두리를 벗어나서 뛰어갔다.

　"어려서 안 되겠군."

　종묘장 기수가 껄껄 웃는다.

　"황소 앞에 암탉 같으니 징그러워서 볼 수 있나."

　"겁을 먹고 달아나는데."

　농부는 날쌔게 우리 옆을 돌아 뛰어가는 도야지의 앞을 막았다.

　"달포* 전에 한 번 왔다 갔으나 씨가 붙지 않아서 또 끌고 왔는

---

* 씨돝 鐘豚　씨를 받으려고 기르는 씨돼지.

데요."

식이는 겸연쩍어서 얼굴이 붉어졌다.

"아무리 짐승이기로 저렇게 어리구야 씨가 붙을 수 있나."

농부의 말에 식이는 다시 얼굴을 붉혔다.

"빌어먹을 놈의 짐승."

무안도 무안이려니와 귀찮게 구는 짐승에 식이는 화를 버럭 내면서 농부의 부축을 하여 달아나는 도야지의 뒤를 쫓는다. 고무신이 진창에 빠지고 바지춤이 흘러내린다.

도야지의 허리를 맨 바를 붙들었을 때에 그는 홧김에 바를 뒤로 잡아 나꾸며 기운껏 매질을 한다. 어린 짐승은 바들바들 떨면서 비명을 올린다. 농가 일 년의 생명선 — 좀 있으면 나올 제1기분 세금과 첫여름 감자가 나올 때까지 가족들 양식의 예산의 부담을 맡은 이 어린 짐승에 대한 측은한 뉘우침이 나중에는 필연코 나련마는, 종묘장 사람들 앞에서의 무안을 못 이겨 식이의 흔드는 매는 자연 가련한 짐승 위에 잦게 내렸다.

"그만 갖다 매시오."

---

* 달포 한 달이 조금 넘는 기간.

말뚝을 고쳐 든든히 박고 난 농부는 식이에게 손짓한다. 겁과 불안에 떨며 허둥거리는 짐승을 이번에는 한결 더 든든히 말뚝 안에 우겨 넣고, 나뭇대를 가로질러 배까지 떠받쳐 올려 꼼짝 요동하지 못하게 탁탁하게 얽어 매었다.

털몸을 근실근실 부딪치며 그의 곁을 궁싯궁싯 굼도는 씨돝은 미처 식이의 손이 떨어지기도 전에 화차*와도 같이 육중하게 말뚝 위를 엄습한다. 시뻘건 입이 욕심에 목메어서 풀무같이 요란히 울린다.

깔린 암돝은 목이 찢어져라 날카롭게 고함친다.

둘러선 좌중은 일제히 웃음소리를 멈추고 일시 농담조차 잊은 듯하였다.

문득 분이의 자태가 눈앞에 떠오르자, 식이는 말뚝에서 시선을 돌려 딴전을 보았다.

'분이 고것, 지금은 어데 가 있는구.'

— 제2기분은새루 1기분 세금조차 밀려오는 농가의 형편에 도야지보다 나은 부업이 없었다. 한 마리를 일 년 동안 충실히 기

---

* 화차 貨車 '화물열차'를 줄여서 이르는 말.

르면 세금도 세금이려니와 잔돈푼의 가용 용돈쯤은 훌륭히 우러나왔다. 이 도야지의 공용을 잘 아는 식이가 푼푼이 모은 돈으로 마을 사람들의 본을 받아 읍내 종묘장에서 갓난 양도야지 한 자웅을 사 온 것이 지난 여름이었다.

기름이 자르르 흐르는 새까만 자웅을 식이는 사람보다도 더 귀히 여겨, 갓 사 왔을 무렵에는 우리 안에 넣기가 아까워 그의 방 한구석에 짚을 펴고 그 위에 재우기까지 하던 것이 젖이 그리워서인지 한 달도 못 돼서 수놈이 죽었다. 나머지 암놈을 식이는 애지중지하여 단 한 벌의 그의 밥그릇에 물을 받아 먹이기까지 하였다. 물도 먹지 않고 꿀꿀 앓을 때에는 그는 나무하러 가는 것도 그만두고 종일 짐승의 시중을 들었다.

여섯 달을 기르니 겨우 암토야지 티가 났다. 달포 전에 식이는 첫 시험으로 십 리가 넘는 읍내 종묘장까지 끌고 왔었다. 피돈 오십 전이나 내서 씨를 받은 것이 종시* 붙지 않았다. 식이는 화가 났다. 때마침 정을 두고 지내던 이웃집 분이가 어디론지 도망을 갔다. 식이는 속이 상해서 며칠 동안 일이 손에 잡히지

* 종시 終是 끝내.

않았다.

늘 뾰로통해서 쌀쌀하게 대꾸하더니 그 고운 살을 한 번도 허락하지 않고 늙은 아비를 혼자 둔 채 기어이 도망을 가 버렸구나, 생각하니 분이가 괘씸하였다. 그러나 속 깊은 박 초시의 일이니 자기 딸 조처에 무슨 꿍꿍이 수작을 대었는지 도무지 모를 노릇이었다. 청진으로 갔느니, 서울로 갔느니, 며칠 전에 박 초시에게 돈 십 원이 왔느니, 소문은 갈피갈피였으나 하나도 종잡을 수 없었다. 이래저래 상할 대로 속이 상했다. 능금꽃 같은 두 볼을 잘강잘강 씹어 먹고 싶던 분이인 만큼 식이는 오늘까지 솟아오르는 심화를 억제할 수 없었다.

"다 됐군."

딴전만 보고 섰던 식이는 농부의 목소리에 그쪽을 보았다. 씨돝은 만족한 듯이 여전히 꿀꿀 짖으면서 그곳을 떠나지 않고 빙빙 돈다.

파장 후의 광경이건만 분이의 그림자가 눈앞에 어른거리는 식이는 몹시도 겸연쩍었다. 잠자코 섰는 까칠한 암토야지와 분이의 자태가 서로 얽혀서 그의 머리 속에 추근하게 떠올랐다. 음란한 잡담과 허리 꺾는 웃음소리에 얼굴이 더한층 붉어졌다.

환영을 떨쳐 버리려고 애쓰면서 식이는 얽어 매었던 도야지를 풀기 시작하였다. 농부는 여전히 게걸떡거리며 어른어른 싸도는 욕심 많은 씨돌을 몰아 우리 속에 가두었다.

"이번에는 틀림없겠지."

장부에 이름을 올리고 오십 전을 치러 주고 종묘장을 나오니 오후의 해가 느지막하였다.

능금밭 건너편 양옥 관사의 지붕이 흐린 석양에 푸르뎅뎅하게 빛난다. 옛성 어귀에는 성안으로 드나드는 장꾼의 그림자가 어른어른한다. 성안에서 한 대의 버스가 나오더니 폭 넓은 이등 도로를 요란히 달아난다.

돼지를 몰고 길 왼편 가로 피한 식이는 퍼뜩 지나가는 버스 안을 흘끗 살펴본다. 분이를 잃은 후로부터는 그는 달아나는 버스 안까지 조심스럽게 살피게 되었다. 일전에 나남에서 버스 차장 시험이 있었다더니 그런 데로나 뽑혀 들어가지 않았을까. 분이의 간 길을 이렇게도 상상해 보았기 때문이다.

'장이나 한 바퀴 돌아올까.'

북문 어귀 성 밑 돌 틈에 돼지를 매놓고 식이는 성을 들어가 남문 거리로 향하였다.

분이가 없는 이제 장꾼의 눈을 피하여 으슥한 가게 앞에 가서 겸연쩍은 태도로 매화분을 살 필요도 없어진 식이는 석유 한 병과 마른 명태 몇 마리를 사들고 장판을 오르락내리락하였다.

한동네 사람의 그림자도 눈에 띄지 않기에 그는 곧게 성 밖으로 나와 마을로 향하였다.

어기적거리며 도야지의 걸음이 올 때만큼 재지 못하였다. 그러나 이제 매질할 용기는 없었다.

철로를 끼고 올라가 정거장 앞을 지나 오촌포 한길에 나서니 장 보고 돌아가는 사람들의 그림자가 드문드문 보인다. 산모롱이가 바닷바람을 막아 아늑한 저녁빛이 한길 위를 덮었다. 먼 산 위에는 전기의 고가선이 솟고 산 밑을 물줄기가 돌아내렸다.

온천 가는 넓은 도로가 철로와 나란히 누워서 남쪽으로 줄기차게 뻗쳤다. 저물어 가는 강산 속에 아득하게 뻗친 이 두 줄기의 길이 새삼스럽게 식이의 마음을 끌었다. 걸어가는 그의 등뒤에서는 산모퉁이를 돌아오는 기차 소리가 아련히 들린다. 별안간 식이에게는 이상한 생각이 들었다.

'이 길로 아무 데로나 달아날까.'

장에 가서 도야지를 팔면 노자가 되겠지. 차 타고 노자가 자라는 곳까지 달아나면 그곳에 곧 분이가 있지 않을까? 어디서 들었는지 공장에 들어가기가 분이의 소원이더니, 그곳에서 여직공 노릇하는 분이와 만나 나도 노동자가 되어 같이 살면 오죽 재미있을까. 공장에서 버는 돈을 달마다 고향에 부치면 아버지도 더 고생하실 것 없겠지. 도야지를 방에서 기르지 않아도 좋고, 세금 못 냈다고 면소 서기들한테 밥솥을 빼앗길 염려도 없을 터이지. 농사같이 초라한 업이 세상에 또 있을까. 아무리 부지런히 일해도 못살기는 일반이니……. 분이 있는 곳이 어디인가……. 도야지를 팔면 얼마나 받을까. 이 도야지, 암토야지, 양도야지…….

"앗!"

날카로운 소리에 번쩍 정신이 깨었다.

찬바람이 휙 앞을 스치고 불시에 일신이 딴 세상에 뜬 것 같았다. 눈 보이지 않고 귀 들리지 않고 — 잠시간 전신이 죽고 감각이 없어졌다. 캄캄하던 눈앞이 차차 밝아지며 거물거물 움직이는 것이 보이고 귀가 뚫리며 요란한 음향이 전신을 쓸어 없앨 듯이 우렁차게 들렸다. 우레 소리가…… 바다 소리가…… 바퀴 소리가……. 별안간 눈앞이 환해지더니 열차의 마지막 바퀴가 쏜살같이 눈앞을 달아났다.

"앗, 기차!"

다 지나간 이제 식이는 정신이 아찔하며 몸이 부르르 떨린다.

진땀이 나는 대신 소름이 쫙 돋는다. 전신이 불시에 빈 듯이 거뿐하다. 글자대로 전신은 비었다. 한쪽 팔에 들었던 석유병도, 명태 마리도 간 곳이 없고, 바른손으로 이끌던 도야지도 종적이 없다.

"아, 도야지!"

"도야지구 무어구 미친 놈이지. 어디라구 후미키리*를 막 건너."

따귀를 철썩 맞고 바라보니 철로 망보는 사람이 성난 얼굴로 그를 노리고 섰다.

"도야지는 어찌 됐단 말이오?"

"어젯밤 꿈 잘 꾸었지. 네 몸 안 치인 것이 다행이다."

"아니, 그럼 도야지가 치였단 말이오?"

* 후미키리 '건널목'의 일본어.

66
다시 읽는 이효석

"다음부터는 차에 주의해!"

독하게 쏘아붙이면서 철로 망꾼은 식이의 팔을 잡아 낚아 건
널목 밖으로 끌어냈다.

"아, 도야지가 치였다니. 두 번이나 종묘장에 가서 씨 받은 내
도야지, 암토야지, 양도야지……."

엉겁결에 외치면서 훑어보았으나 피 한 방울을 찾아볼 수 없
다. 흔적조차 없다니 ― 기차가 달룽 들고 간 것 같아서 아득한
철로 위를 바라보았으나 기차는 벌써 그림자조차 없다.

"한방에서 잠 재우고, 한그릇에 물 먹여서 기른 도야지, 불쌍
한 도야지……."

정신이 아찔하고 일신이 허전하여서 식이는 금시에 그 자리에
푹 쓰러질 것도 같았다.

아무리 야취의 습관에 젖었기로 철망 너머
딸기를 딸 때와 일반으로 아무 가책도 반성도 없었던가.
벌판서 장난치던 한 자웅의 짐승과 일반이 아닌가.

들

1

꽃다지, 질경이, 냉이, 딸장이, 민들레, 솔구장이, 쇠민장이, 길오장이, 달래, 무릇, 시금치, 씀바귀, 돌나물, 비름, 능쟁이.

들은 온통 초록 전에 덮여 벌써 한 조각의 흙빛도 찾아볼 수 없다. 초록의 바다.

초록은 흙빛보다 찬란하고 눈빛보다 복잡하다.

눈이 보얗게 깔렸을 때에는 흰빛과 능금나무의 자줏빛과 그림자의 옥빛밖에는 없어 단순하기 옷 벗은 여인의 나체와 같은 것이 — 봄은 옷 입고 치장한 여인이다.

흙빛에서 초록으로 ─ 이 기막힌 신비에 다시 한 번 놀라 볼 필요가 없을까. 땅은 어디서 어느 때 그렇게 많은 물감을 먹었기에 봄이 되면 한꺼번에 그것을 이렇게 지천으로 뱉어 놓을까. 바닷물을 고래같이 들이켰던가. 하늘의 푸른 정기를 모르는 결에 함빡 마셔 두었던가. 그것을 빗물에 풀어 시절이 되면 땅 위로 솟구쳐 보내는 것일까.

그러나 한 포기의 풀을 뽑아 볼 때 잎새만이 푸를 뿐이지 뿌리와 흙에는 아무 물들인 자취도 없음은 웬일일까. 시험관 속 붉은 물에 약품을 넣으면 그것이 금시에 새파랗게 변하는 비밀 ─ 그것과도 흡사하다. 이 우주의 비밀의 약품 ─ 그것은 결국 알 바 없을까. 한 톨의 보리알이 열 낱으로 나는 이치를 가르치는 이 있어도 그 보리알에서 푸른 잎이 돋는 조화의 동기는 옳게 말하는 이 없는 듯하다.

사람의 지혜란 결국 신비의 테두리를 뱅뱅 돌 뿐이요, 조화의 속의 속은 언제까지나 열리지 않는 판도라의 상자일 듯싶다. 초록 풀에 덮인 땅 속의 뜻은 초록 옷을 입은 여자의 마음과도 같이 엿볼 수 없는 저 건너 세상이다.

얀들얀들 나부끼는 초목의 양자는 부드럽게 솟는 음악. 줄기는 굵고 잎은 연한 멜로디의 마디마디이다. 부피있는 대궁은 나팔 소리요, 가는 가지는 거문고의 음률이라고도 할까. 알레그로 지나고 안단테에 들어갔을 때의 감동 — 그것이 봄의 걸음이다. 풀 위에 누워 있으면 은근한 음악의 율동에 끌려 마음이 너볏너볏 나부낀다.

꽃다지, 질경이, 민들레…… 가지가지 풋나물들을 뜯어 먹으면 몸이 초록으로 물들 것 같다. 물들어야 옳을 것 같다. 물들지 않음이 거짓말이다. 물들지 않으면 안 될 것 같다.

새가 지저귄다. 꾀꼬리일까.

지평선이 아롱거린다.

들은 내 세상이다.

2

언제까지든지 푸른 하늘을 우러러보고 있으면 나중에는 현기증이 나며 눈이 둘러 빠질 듯싶다.

두 눈을 뽑아서 푸른 물에 채웠다가 라무네* 병 속의 구슬같이 차진 놈을 다시 살 속에 박아 넣은 것과도 같이 눈망울이 차고 어리어리하고 푸른 듯하다. 살과는 동떨어진 유리알이다. 그렇게 하늘은 맑고 멀다. 눈이 아픈 것은 그 하늘을 발칙하게도 오랫동안 우러러본 벌인 듯싶다. 확실히 마음이 죄송스럽다.

반나절 동안 두려움 없이 하늘을 똑바로 쳐다볼 수 있는 사람이란 세상에서도 가장 착한 사람이거나 그렇지 않으면 가장 용기있는 악한이어야 할 것이다. 그렇게도 푸른 하늘은 거룩하다. 눈을 돌리면 눈물이 푹 쏟아진다. 벌판이 새파랗게 물들어 눈앞에 아물아물한다. 이런 때에는 웬일인지 구름 한 점도 없다.

곁에는 한 묶음의 꽃이 있다. 오랑캐꽃, 고들빼기, 노고초, 새고사리, 가지무릇, 대계, 마타리, 차치광이. 나는 그것들을 섞어들어 꽃다발을 겯기* 시작한다. 각색 꽃판과 꽃술이 무릎 위에 지천으로 떨어진다. 그것은 헤어지는 석류알보다도 많다.

나는 들이 언제부터 좋아졌는지를 모른다. 지금에는 한 그릇의 밥, 한 권의 책과 똑같은 지위를 마음속에 차지하게 되었다. 책에서 읽은 이론도 아니요, 얻어들은 이치도 아니요, 몇 해 동

---

* 라무네 '레모네이드'의 일본식 표기.
* 겯기 엮어짜기.

안 하는 일 없이 들과 벗하고 지내는 동안에 이유없이 그것은 살림 속에 푹 젖었던 것이다.

어릴 때에 동무들과 벌판을 헤매며 찔레를 꺾으러 가시덤불 속에 들어가고, 쇠똥버섯을 따다 화로 속에 굽고, 게를 캐러 밭이랑을 들치며 골로 말을 만들어 끌고 다니느라고 집에서보다도 들에서 더 많이 날을 지우던 — 그때가 다시 부활하여 돌아온 셈이다. 사람은 들과 뗄래야 뗄 수 없는 인연에 있는 것 같다.

자연과 벗하게 됨은 생활에서의 퇴각을 의미하는 것일까. 식물적 애정은 반드시 동물적 열정이 진한 곳에 오는 것일까. 학교를 쫓겨나고 서울을 물러오게 된 까닭으로 자연을 사랑하게 된 것일까.

그러나 동무들과 골방에서 만나고, 눈을 기어 거리를 돌아치다 붙들리고 뛰다 잡히고 쫓기고 — 하였을 때의 열정이나 지금에 들을 사랑하는 열정이나 일반이다. 지금의 이 기쁨은 그때의 그 기쁨과도 흡사한 것이다. 신념에 목숨을 바치는 영웅이라고 인간 이상이 아닌 것과 같이 들을 사랑하는 졸부라고 인간 이하는 아닐 것이다.

아직도 굳은 신념을 가지면서 지난날에 보던 책들을 들척거

리다가도 문득 정신을 놓고 의미없이 하늘을 우러러보는 때가
많다.

"학보, 이제는 고향이 마음에 붙은 모양이지."

마을 사람들은 조롱도 아니요, 치사도 아닌 이런 말을 던지게
되었고, 동구 밖에서 만나는 이웃집 머슴은 인사 대신에 흔히,

"해동지 늪에 붕어 떼 많던가?"

고기 사냥 갈 궁리나 하거나 그렇지 않으면,

"십리정 보리, 고개 숙였던가?"
하고 곡식의 소식을 묻게 되었다.

마을 사람들보다도 내가 더 들과 친하고 곡식의 소식을 잘 알
게 된 증거이다.

나는 책을 외우듯이 벌판의 구석구석을 샅샅이 외우고 있다.
마음속에는 들의 지도가 세밀히 박혀 있고, 사철의 변화가 표같
이 적혀 있다. 나는 들사람이요, 들은 내 것과도 같다.

어느 논두렁의 청대콩이 가장 진미이며, 어느 이랑의 감자가
제일 굵다는 것을 알 수 있다. 새발고사리가 많이 피어 있는 진
펄과 종달새 뜨는 보리밭을 짐작할 수 있다. 남대천 어느 모퉁이
를 돌 때 가장 고기가 흔하다는 것도 알게 되었다.

개리, 쇠리, 불거지가 득실득실 끓는 여울과 메기, 뚜구뱅이가 잠겨 있는 웅덩이와 쏘가리, 꺽지가 누워 있는 바위 밑과 ─ 매재와 고들매기를 잡으려면 철교께서도 몇 마장을 더 올라가야 한다는 것과, 쇠치네와 기름종개를 뜨려면 얼마나 벌판을 나가야 될 것을 안다. 물 건너 귀룽나무 수풀과 방치골 으름덩굴 있는 곳을 아는 것은 아마도 나뿐일 듯싶다.

학교를 퇴학맞고 처음으로 도회를 쫓겨 내려왔을 때에 첫걸음으로 찾은 곳은 일가집도 아니요, 동무집도 아니요, 실로 이 들이었다. 강가의 사시나무가 제대로 있고, 버들숲 둔덕의 잔디가 헐리지 않았으며, 과수원의 모습이 그대로 남은 것을 보았을 때의 기쁨이란 형언할 수 없이 큰 것이었다.

고향을 그리워하는 마음이란 곧 산천을 사랑하고 벌판을 반가워하는 심정이 아닐까. 이런 자연의 풍경을 내놓고야 고향의 그림자가 어디에 알뜰히 남아 있는가. 헐리어 가는 초가 지붕에 남아 있단 말인가. 고향을 꾸미는 것은 사람이면서도 그리운 것은 더 많이 들과 시냇물이다.

3

시절은 만물을 허랑하게 만드는 듯하다.

짐승은 드러내놓고 모든 것을 들의 품속에 맡긴다.

새 풀숲에서 새둥우리를 발견한 것을 나는 알 수 없이 기쁘게 여겼다. 거룩한 것을 — 아름다운 것을 — 찾은 느낌이다. 집과 가족들을 송두리째 안심하고 땅에 맡기는 마음씨가 거룩하다. 풀과 깃을 모아 두툼하게 겯은 둥우리 안에는 아직까지 안은 알이 너더 알 들어 있다. 아롱아롱 줄이 선 풋대추만큼씩한 새알. 막 뛰어나려는 생명을 침착하게 간직하고 있는 얇은 껍질 — 금시에 딸각 두 조각으로 깨뜨려질 모태 — 창조의 보금자리!

그 고요한 보금자리가 행여나 놀라고 어지럽혀질까를 두려워하여 둥우리 기슭에 손가락 하나 대기조차 주저되어, 나는 다만 한참 동안이나 물끄러미 바라보고 섰다가 풀포기를 제대로 덮어놓고 감쪽같이 발을 옮겨 놓았다. 금시에 알이 쪼개지며 생명이 돋아날 듯싶다. 등뒤에서 새가 푸드득 날아들 것 같다. 적막을 깨뜨리고 하늘과 들을 놀래며 푸드득 날았다! 생각에 마음이 즐겁다.

그렇게 늦게 까는 것이 무슨 새일까. 청새일까. 덤불지일까.

고요하게 뛰노는 기쁜 마음을 걷잡을 수 없어 목소리를 내서 노래라도 부를까, 느끼며 둑 아래로 발을 옮겨 놓으려다 문득 주춤하고 서 버렸다.

맹랑한 것이 눈에 띈 까닭이다. 껄껄 웃고 싶은 것을 참고 풀 위에 주저앉았다. 그 웃고 싶은 마음은 노래라도 부르고 싶던 마음의 연장인지도 모른다. 다시 말하면 그 맹랑한 풍경이 나의 마음을 결코 노엽히거나 모욕한 것이 아니요, 도리어 아까와 똑같은 기쁨을 보여준 것이다.

개울녘 풀밭에서 한 자웅의 개가 장난치고 있는 것이다. 하늘을 겁내지 않고 들을 부끄러워하지 않고 사람의 눈을 꺼리는 법 없이 자웅은 터놓고 마음의 자유를 표현할 뿐이다.

부끄러운 것은 도리어 이쪽이다. 나는 얼굴을 붉히면서 대중 없이 오랫동안 그 요절할 광경을 바라보기가 몹시도 겸연쩍었다. 확실히 시절의 탓이다. 가령 추운 겨울에 벌판에서 나는 그런 장난을 목격한 적이 없다. 역시 들이 푸를 때, 새가 늦은 알을 깔 때 자웅도 농탕치는 것이다. 나는 그 광경을 성내어서는, 비웃어서는 안 되었다.

보고 있는 동안에 어디서부터인지 자웅에게로 돌멩이가 날아

들었다. 킬킬킬킬, 웃음소리가 나며 두 번째 것이 날았다. 가뜩이나 몸이 떨어지지 않는 자웅은 그제서야 겁을 먹고 흘금흘금 눈을 굴리며 어색한 걸음으로 주체스런 두 몸을 비틀거렸다.

나는 나 이외에 그 광경을 그때까지 은근히 바라보고 있던 또 한 사람이 부근에 숨어 있음을 비로소 알고, 더한층 부끄러운 생각이 와락 나며 숨도 크게 못 쉬고 인기척을 죽이고 잠자코만 있을 수밖에는 없었다.

세 번째 돌멩이가 날리더니 이윽고 호담스런 웃음소리가 왈칵 터지며 아래편 숲속에서 사람의 그림자가 덥석 뛰어나왔다. 빨래 함지를 인 채 한 손으로는 연해 자웅을 쫓으면서 어깨를 떨며 웃음을 금할 수 없다는 자세였다.

그 돌연한 인물에 나는 놀랐다. 한편 엉겼던 마음이 풀리기도 하였다. 옥분이었다. 빨래를 하고 나자 그 광경임에 마음속은 미리 흠뻑 그것을 즐기고 난 뒤인 모양이었다. 그러나 나의 놀람보다도 옥분이가 문득 나를 보았을 때의 놀람 ― 그것은 몇 갑절 더 큰 것이었다. 별안간 웃음을 뚝 그치고 주춤 서는 서슬에 머리에 이었던 함지가 왈칵 떨어질 판이었다. 얼굴의 표정이 삽시간에 검붉게 질려 굳어졌다. 눈알이 땅을 향하고, 한편 손이 어

쩔 줄 몰라 행주치마를 의미없이 꼬깃거렸다.

별안간 깊은 구렁에 빠진 것과도 같은 그의 궁박한 처지와 덴 마음을 건져주기 위하여, 나는 마음에도 없는 목소리를 일부러 자아내어 관대한 웃음을 한바탕 웃으면서 그의 곁으로 내려갔다.

"빌어먹을 짐승들."

마음에도 없는 책망이었으나 옥분의 마음을 풀어주자는 뜻이었다.

"득추 녀석쯤이 너를 싫달 법 있니. 주제넘은 녀석."

이어 다짜고짜로 그의 일신의 이야기를 집어낸 것은 그의 주의를 다른 곳으로 돌리자는 생각이었다.

군청 고원* 득추는 일껏 옥분과 성혼이 된 것을 이제 와서 마다고 투정을 내고 다른 감을 구하였다. 옥분의 가세가 빈한하여 들고날 판이므로 혼인한 뒤에 닥쳐올 여러 가지 귀찮은 거래를 염려하여 파혼한 것이 확실하다. 득추의 그런 꾀바른 마음씨를 나무라는 것은 나뿐이 아니었다. 마을 사람들은 거개* 고원의 불

---

* 고원 雇員 관청에서 사무를 돕기 위하여 두는 임시 직원.

신을 책하였다.

"배반을 당하고 분하지도 않으냐?"

"모른다."

옥분은 도리어 짜증을 내며 발을 떼놓았다.

"그 녀석 한번 해내* 줄까."

웬일인지 그에게로 쏠리는 동정을 금할 수 없다.

"쓸데없는 짓 할 것 있니?"

동정의 눈치를 알면서도 시치미를 떼는 옥분의 마음씨에는 말할 수 없이 그윽한 것이 있어 그것이 은연중에 마음을 당긴다.

눈앞에 멀어지는 그의 민출한* 자태가 가슴속에 새겨진다. 검은 치마폭 밑으로 드러난 불그레한 늠츳한 두 다리 — 자작나무보다도 더 아름다운 것 — 헐벗기 때문에 한결 빛나는 것, 세상에도 가지고 싶은 탐나는 것이다.

---

* 거개 대체로 모두.
* 해내다 상대편을 여지없이 이겨내다.
* 민출하다 모양새가 밋밋하고 훤칠하다.

4

일요일인 까닭에 오래간만에 문수와 함께 둑 위에서 하루를 보낼 수 있었다. 날마다 거리의 학교에 가야 하는 그를 자주 붙들어 낼 수는 없다. 일요일이 없는 나에게도 일요일이 있는 것이다.

바다를 바라볼 수 있는 둑에 오르면 마음이 활짝 열리는 듯이 시원하다. 바닷바람이 아직은 조금 차기는 하나 신선한 맛이다.

잔디밭에는 간간이 피지 않은 해당화 봉오리가 조촐하게 섞였으며, 둑 맞은편에 군데군데 모여선 백양나무 잎새가 햇빛에 반짝반짝 나부껴 은가루를 뿌린 것 같다.

문수는 빌려 갔던 몇 권의 책을 돌려주고 표해 두었던 몇 구절의 뜻을 질문하였다. 나는 그에게는 하루의 선배인 것이다. 돈독하게 띄워 주는 것이 즐거운 의무도 되었다.

공부가 끝난 다음 책을 덮어 두고 잡담에 들어갔을 때에 문수는 탄식하는 어조였다.

"학교가 점점 틀려가는 모양이다."

구체적 실례를 가지가지 들고 나중에는 그 한 사람의 협착한

처지를 말하였다.

"책 읽는 것까지 들키었네. 자네 책도 빼앗길 뻔했어."

짐작되었다.

"나와 사귀는 것이 불리하지 않은가?"

"자네 걸은 길대로 되어 나가는 것이 뻔하지. 차라리 그 편이 시원하겠네."

너무 궁박한 현실 이야기만도 멋없어 두 사람은 무릎을 툭 털고 일어서 기분을 가다듬고 노래를 불렀다. 아는 말, 아는 곡조를 모조리 불렀다.

노래가 진하면 번갈아 서서 연설을 하였다. 눈앞에 수많은 대중을 가상하고 목소리를 다하여 부르짖어 본다. 바닷물이 수물거리나 어쩌나, 새들이 놀라서 떨어지나 어쩌나를 시험하려는 듯이 드높게 고함쳐 본다. 박수하는 사람은 수만의 대중 대신에 한 사람의 동무일 뿐이다. 지껄이는 동안에 정신이 흥분되고 통쾌하여 간다. 훌륭한 공부이며 단련이다.

협착한 땅 위에 그렇게 자유로운 벌판이 있음이 새삼스러운 놀람이다. 아무리 자유로운 말을 외쳐도 거기에서만은 '중지'를 당하는 법이 없으니까 말이다. 땅 위는 좁으면서도 넓은 셈인가.

둑은 속 풀리는 시원한 곳이며, 문수와 보내는 하루는 언제든지 다시없이 즐거운 날이다.

5

과수원 철망 너머로 엿보이는 철 늦은 딸기 — 잎새 사이로 불긋불긋 돋아난 송이 굵은 양딸기 — 지날 때마다 건강한 식욕을 참을 수 없다.

더구나 달빛에 젖은 딸기의 양자란 마치 크림을 껴얹은 것과도 같이 한층 부드럽게 빛난다.

탐나는 열매에 눈독을 보내며 철망을 넘기에 나는 반드시 가책과 반성으로 모질게 마음을 매질하지는 않았으며 그럴 필요도 없었다. 그것이 누구의 과수원이든간에 철망을 넘는 것은 차라리 들사람의 일종의 성격이 아닐까.

들사람은 또 한편 그것을 용납하고 묵인하는 아량도 가지고 있는 것이다. 나는 몇 해 동안에 완전히 이 야취의 성격을 얻어버린 것 같다.

흐뭇한 송이를 정신없이 따서 입에 넣으면서도 철망 밖에서 다만 탐내고 보기만 할 때보다 한층 높은 감동을 느끼지 못하게 됨은 도리어 웬일일까. 입의 감동이 눈의 감동보다 떨어지는 탓일까. 생각만 할 때의 감동이 실상 당하였을 때의 감동보다 항용 더 나은 까닭일까. 나의 욕심을 만족시키기에는 불과 몇 송이의 딸기가 필요할 뿐이었다. 차라리 벌판에 지천으로 열려 언제든지 딸 수 있는 들딸기 편이 과수원 안의 양딸기보다 나음을 생각하며 나는 다시 철망을 넘었다.

멍석딸기, 중딸기, 나무딸기, 장딸기, 감대딸기, 곰딸기, 닷딸기, 배암딸기…….

능금나무 그늘에 난데없는 사람의 그림자를 발견하자, 황급히 뛰어넘다 철망에 걸려 나는 옷을 찢겼다. 그러나 옷보다도 행여나 들키지나 않았나 하는 염려가 앞서 허둥지둥 풀 속을 뛰다가 또 공교롭게도 그가 옥분임을 알고 마음이 일시에 턱 놓였다. 그 역시 딸기밭을 노리고 있던 터가 아닐까. 철망 기슭을 기웃거리며 능금나무 아래 몸을 간직하고 있지 않았던가.

언제인가 개천 둑에서 기묘하게 만난 후 두 번째의 공교로운 만남임을 이상하게 여기고 있는 동안에 마음이 퍽으나 헐하게 놓여졌다. 가까이 가서 시룽시룽* 말을 건 것도 그리 어색하지

않고 도리어 자연스러웠다. 그 역시 시스러워*하지 않고 수월하
게 말을 받고 대답하고 하였다. 전날의 기묘한 만남이 확실히 두
사람의 마음을 방긋이 열어 놓은 것 같다.

"딸기 따줄까?"

"무서워."

그의 떨리는 목소리가 왜 그리도 나의 마음을 끌었는지 모른
다. 나는 떨리는 그의 팔을 붙들고 풀밭을 지나 버드나무 숲 속
으로 들어갔다. 그의 입술은 딸기보다도 더 붉다. 확실히 그는
딸기 이상의 유혹이었다.

"무서워."

"무섭긴."

하고 달래기는 하였으나 기실 딸기를 훔치러 철망을 넘을 때와
똑같이 가슴이 후득후득 떨림을 어쩌는 수 없었다. 버드나무 잎
새 사이로 달빛이 가늘게 새어들었다. 옥분은 굳이 거역하려고
하지 않았다.

---

* 시룽시룽 경솔하고 방정맞게 까불며 자꾸 지껄이는 모양.

* 시스럽다 '스스럽다'의 잘못. 서로 정분이 두텁지 않아 조심스럽다. 수줍고 부끄러운 느낌이 있다.

양딸기 맛이 아니요 확실히 들딸기 맛이었다. 멍석딸기, 나무딸기의 신선한 감각에 마음은 흐뭇이 찼다.

아무리 야취*의 습관에 젖었기로 철망 너머 딸기를 딸 때와 일반으로 아무 가책도 반성도 없었던가. 벌판서 장난치던 한 자웅의 짐승과 일반이 아닌가. 그것이 바른가, 그래서 옳을까 하는 한줄기의 곧은 생각이 한결같이 뻗쳐오름을 억제할 수는 없었다. 결국 마지막 판단은 누가 옳게 내릴 수 있을까.

6

며칠이 지나도 여전히 귀찮은 생각이 머리 속에 뱅 돈다. 어수선한 마음을 활짝 씻어 버릴 양으로 아침부터 그물을 들고 집을 나섰다.

그물을 후릴 곳을 찾으면서 남대천 물줄기를 따라 올라간 것이 시적시적* 걷는 동안에 어느덧 철교께서도 근 십 리를 올라가

---

* 야취 野趣 자연의 아름다움에서 느끼는 흥취.
* 시적시적 힘들이지 않고 느릿느릿 행동하거나 말하는 모양.

게 되었다. 아무 고기나 닥치는 대로 잡으려던 것이 그
렇게 되고 보니 불현듯이 고들매기를 후려
볼 욕심이 솟았다.

　고기 사냥 중에서도 가장 운치있고 흥있
는 고들매기 사냥에 나는 몇 번인지 성공한 일이 있어 그 호젓한
멋을 잘 안다.

　그중 많이 모여 있을 듯이 보이는 그럴 듯한 여울을 점쳐 첫
그물을 던져 보기로 하였다.

　산 속에 오막하게 둘러싸인 개울 — 물도 맑거니와 물 소리
도 맑다. 돌을 굴리는 여울 소리가 티끌 한 점 있을 리 없는 공
기와 초목을 영롱하게 울린다. 물 속에서 노는 고기는 산신령
이 아닐까.

　옷을 활짝 벗어붙이고 그물을 메고 물 속에 뛰어들었다. 넉넉
히 목욕을 할 시절임에도 워낙 산골물이라 뼈에 차다. 마음이 한
꺼번에 씻겨졌다느니보다도 도리어 얼어붙을 지경이다. 며칠 내
로 내려오던 어수선한 생각이 확실히 덜해지고 날아갔다고 할
까. 그러나 그러면서도 마지막 한 가지 생각이 아직도 철사같이
가늘게 꿰뚫고 흐름을 속일 수는 없었다.

'사람의 사이란 그렇게 수월할까.'

옥분과의 그날 밤 인연이 어처구니없게 쉽사리 맺어진 것이 도리어 의심쩍은 것이었다.

아무 마음의 거래도 없던 것이 달빛과 딸기에 꼬임을 받아 그때 그 자리에서 금방 응낙이 되다니. 항용 거기에 이르기까지의 두 사람의 마음의 교섭이란 이야기 속에서 읽을 때에는 기막히게 장황하고 지리한 것이었는데 그것이 그렇게 수월할 리 있을까. 들 복판에서는 수월한 법일까.

'책임 문제는 생기지 않는가.'

생각은 다시 솔솔 풀린다. 물이 찰수록 생각도 점점 차게만 들어간다.

물이 다리목*을 넘게 되었을 때 그쯤에서 한 홀기 던져 보려고 그물을 펴들고 물 속을 가늠 보았다. 속물이 꽤 세어 다리를 훑친다. 물때 낀 돌멩이가 몹시 미끄러워 마음대로 발을 디딜 수 없다. 누르칙칙한 물 속이 정확히 보이지 않는다. 몇 걸음 아래편은 바위요, 바위 아래는 소가 되어 있다.

---

* 다리목 다리로 들어서는 어구.

그물을 던질 때의 호흡이란 마치 활을 쏠 때의 그것과도 같이 미묘한 것이어서 일종의 통일된 정신과 긴장된 자세를 요구하는 것임을 나는 경험으로 잘 안다. 그러면서도 그때 자칫하여 실수를 하게 된 것은 필시 던지는 찰나까지도 통일되지 못한 마음이 어수선하고 정신이 까닥거렸음이 확실하다.

몸이 휘우뚱하고 휘더니 휭하게 날아야 할 그물이 물 위에 떨어지자 어지럽게 흩어졌다. 발이 미끄러져서 센 물결에 다리가 쓸리니까 그물은 손을 빠져 달아났다. 물 속에 넘어져 흐르는 몸을 아무리 버둥거려야 곧추 일으키는 장사 없었다. 생각하면 기가 막히나 별수 없이 몸은 흐를 대로 흐르고야 말았다. 바위에 부딪쳐 기어이 소에 빠졌다. 거품을 날리는 폭포 속에 송두리째 푹 잠겼다가 휘엿이 솟으면서 푸른 물 속을 뱅 돌았다. 요행 헤엄의 습득이 약간 있던 까닭에 많은 고생 없이 허비적거리고 소를 벗어날 수는 있었다.

면상과 어깻죽지에 몇 군데 상처가 있었다. 피가 돌았다. 다리에는 군데군데 시퍼렇게 멍이 들어 있음을 보았다. 잃어버린 그물은 어느 물줄기에 묻혀 흐르는지 알 바도 없거니와 찾을 용기도 없었다. 고들매기는 물론 한 마리도 손에 쥐어 보지 못하였다.

귀가 메이고 코에서는 들이켰던 물이 줄줄 흘렀다. 우연히 욕을 당하게 된 몸뚱어리를 훑어보며 나는 알 수 없는 부끄러움을 느꼈다. 별안간 옥분의 몸이 — 향기가 눈앞에 흘러왔다. 비밀을 가진 나의 몸이 다시 돌아보이며 한동안 부끄러운 생각이 쉽게 꺼지지 않았다.

7

문수는 기어이 학교를 쫓겨났다. 기한 없는 정학 처분이었으나 영영 몰려난 것과 같은 결과이다.

덕분에 나도 빌려 주었던 책권을 영영 빼앗긴 셈이 되었다.

차라리 시원하다고 문수는 거드름 부렸으나 시원하지 않은 것은 그의 집안 사람들이다. 들볶는 바람에 그는 집을 피하여 더 많이 나와 지내게 되었다.

원망의 물줄기는 나에게까지 튀어 왔다. 나는 애매하게도 그를 타락시켜 놓은 안된 놈으로 몰릴 수밖에는 없다.

별수 없이 나날을 들과 벗하게 되었다. 나는 좋은 들의 동무를 얻은 셈이다.

풀밭에 서면 경주를 하고 시냇가에 서면 납작한 돌을 집어 물 위에 수제비를 띄우기가 일쑤다.

돌을 힘껏 던져 그것이 물 위를 뛰어가는 뜀수를 세는 것이다. 하나, 둘, 셋, 넷, 다섯, 여섯, 일곱, 여덟 — 이 최고 기록이다. 돌은 굴러갈수록 걸음이 좁아지고 빨라지다 나중에는 깜박 물속에 꺼진다. 기차가 차차 멀어지고 작아지다 산모퉁이에 깜박 사라지는 것과도 같다. 재미있는 장난이다. 나는 몇 번이고 싫지 않게 돌을 집어 시험하는 것이었다.

팔이 축 처지게 되면 다시 기운을 내어 모래밭에 겨루고 서서 씨름을 한다. 힘이 비등하여 승패가 상반이다. 떠밀기도 하고 샅바씨름도 하고 잡아 나꾸기도 하고 — 다리걸이, 딴죽치기 — 기술도 차차 늘어가는 것 같다.

"세상에서 제일 장하고, 제일 크고, 제일 아름답고, 제일 훌륭하고, 제일 바른 것이 무엇이냐?"

되건 말건 수수께끼를 걸고,

"힘이다!"

하고 껄껄껄껄, 웃으면 오장 육부가 물에 헤운 듯이 시원한 것이다. 힘! 무슨 힘이든지 좋다. 씨름을 해가는 동안에 우리는 힘에

대한 인식을 한층 더 새롭혀 갔다. 조직의 힘도 장하거니와 그것
을 꾸미는 한 사람의 힘이 크다면 더한층 아름다운 것이 아닐까.

8

문수와 천렵*을 나섰다.

그물을 잃은 나는 하는 수 없이 족대를 들고 쇠치네 사냥을 하
러 시냇물을 훑어 내려갔다.

벌판에 냄비를 걸고 뜬 고기를 끓이고 밥을 지었다.

먹을 것이 거의 준비되었을 때 더운 판에 목욕을 들어갔다.

땀을 씻고 때를 밀고는 깊은 곳에 들어가 물장구와 가댁질*
이다.

어린아이 그대로의 순진한 마음이 방울방울 날리는 물방울과
함께 맑은 하늘을 휘덮었다가는 쏟아지는 것이다.

물가에 나와 얼굴을 씻고 물을 들일 때에 문수는 다가와,

---

* 천렵 川獵 냇물에서 고기잡이하는 일.
* 가댁질 아이들이 서로 잡으려고 쫓고, 이리저리 피해 달아나며 뛰노는 장난.

"어깨의 상처가 웬일인가?"

하고 나의 어깨의 군데군데를 가리켰다. 나는 뜨끔하면서 그때까지 완전히 잊고 있던 고들매기 사냥과 거기에 관련된 옥분과의 일건이 생각났다.

어떻게 할까 망설이다가 그에게까지 기일* 바 못 되어 기어이 고기잡이 이야기와 따라서 옥분과의 곡절을 은연중 귀띔하여 주게 되었다.

이상한 것은 그의 태도였다.

"명예의 부상일세그려."

놀리고는 걱실걱실* 웃는 것이다.

웃다가 문득 그치더니,

"이왕 말이 났으니 나도 내 비밀을 게울 수밖에는 없게 되었네그려."

정색하고 말을 풀어냈다.

"옥분이 — 나도 그와는 남이 아니야."

---

* 기이다 어떤 일을 숨기고 바른대로 말하지 않다.
* 걱실걱실 성질이 너그러워 말과 행동을 시원시원하게 하는 모양.

어안이 벙벙한 나의 어깨를 치며,

"생각하면 득추와 파혼된 후부터는 달뜬 마음이 허랑해진 모양이데. 일종의 자포자기야. 죽일 놈은 득추지, 옥분의 형편이 가엾기는 해."

나에게는 이상한 감정이 솟아올랐다. 문수에게 대하여 노염과 질투를 느끼는 대신에 — 도리어 일종의 안심과 감사를 느끼는 것이었다. 괴롭던 체면이 모면된 것 같고 무거운 짐을 벗어놓은 듯이도, 감정이 가벼워지고 엉겼던 마음이 풀리는 것이다. 이것은 교활하고 악한 마음보일까.

그러나 나를 단 한 사람으로 생각하지 않는 옥분의 허랑한 태도에 해결의 열쇠는 있다. 그의 태도가 마지막 책임을 져야 될 터이니까.

"왜 말이 없나? 거짓말로 알아듣나? 자네가 버드나무 숲에서 만났다면 나는 풀밭에서 만났네."

여전히 잠자코만 있으면서 나는 속으로 한결같이 들의 성격과 마술과도 같은 자연의 매력이라는 것을 생각하였다.

얼마나 이야기가 장황하였던지 밥 타는 냄새가 코를 찔렀다.

9

무더운 날이 계속된다.

이런 때 마을은 더한층 지내기 어렵고 역시 들이 한결 낫다.

낮은 낮으로 해두고 밤을 — 하룻밤을 온전히 들에서 보낸 적이 없다.

우리는 의논하고 하룻밤을 들에서 야영하기로 하였다.

들의 밤은 두려운 것일까 — 이런 의문도 있었기 때문이다.

이왕 의가 통한 후이니 이후로는 옥분이도 데려다가 세 사람이 일단의 '들의 아들'이 되었으면 하는 문수의 의견이었으나, 나는 그것을 일종의 악취미라고 배척하였다. 과거의 피차의 정의는 정의로 해두고 단체 생활에는 역시 두 사람이 적당하며 수효가 셋이면 어떤 경우에든지 반드시 찌울고 불안정하다는 의견을 가지고 있기 때문이다. 그러나 그것도 결국 나의 야성이 철저하지 못한 까닭이 아닐까.

어떻든 두 사람은 들 복판에서 해를 넘기고 어둡기를 기다리고 밤을 맞이하였다.

불을 피우고 이야기하였다.

이야기가 장황하기 때문에 불이 마저 스러질 때에는 마을의

등불도 벌써 다 꺼지고 개 짖는 소리도 수습된 뒤였다. 별만이 깜박거리고 바다 소리가 은은할 뿐이다.

어둠은 깊고 넓고 무한하다.

창조 이전의 혼돈의 세계는 이러하였을까.

무한한 적막 — 지구의 자전, 공전의 소리도 들리지 않는 것이다.

공포 — 두려움이란 어디서 오는 감정일까.

어둠에서도 적막에서도 오지는 않는다.

우리는 일부러 두려운 이야기, 무서운 이야기로 마음을 떠보았으나 이렇듯한 새삼스러운 공포의 감정이라는 것은 솟지 않았다.

위에는 하늘이요, 아래는 풀이요 — 주위에 어둠이 있을 뿐이지 모두가 결국 낮 동안의 계속이요, 연장이다. 몸에 소름이 돋는 법도 마음이 떨리는 법도 없다.

서로 눈만 말똥거리다가 피곤하여 어느 결엔지 잠이 들어 버렸다.

단잠을 깨었을 때는 아침 해가 높은 후였다.

야영의 밤은 시원하였을 뿐이요, 공포의 새는 결국 잡지 못하였다.

10

그러나 공포는 왔다.

그것은 들에서 온 것이 아니요, 마을에서 — 사람에게서 왔다.

공포를 만드는 것은 자연이 아니요, 사람의 사회인 듯싶다.

문수가 돌연히 끌려간 것이다. 학교 사건의 뒷맺음인 듯하다.
이어 나도 들어가게 되었다.

나 혼자에 대하여 혹은 문수와 관련되어 여러 가지 질문을 받
았다.

사흘 밤을 지우고 쉽게 나왔으나 문수는 소식이 없다. 오랠 것
같다.

여러 가지 재미있는 여름의 계획도 세웠으나 혼자서는 하릴없
다. 가졌던 동무를 잃었을 때의 고독이란 큰 것이다.

들에서 무료히 지내는 날이 많다. 심심파적으로 옥분을 데려
올까도 생각되나 여러 가지로 거리끼고 주체스런 일이다. 깨끗
한 것이 좋을 것 같다.

별수 없이 녀석이 하루라도 속히
나오기를 충심으로 바랄 뿐이다.

나오거든 풋콩을 실컷 구워 먹이

고 기름종개를 많이 떠먹이고, 씨름해서 몸을 불려줄 작정이다.

들에는 도라지꽃이 피고 개나리꽃이 장하다.

진펄의 새발고사리도 어느덧 활짝 피었다.

해오라기가 가끔 조촐한 자태로 물가에 내린다.

시절이 무르녹았다.

그러는 동안에 봄이 오면 온실이 있을 것이요,
여름이 오면 바다가 아름다워질 테니까.
그 계절 계절을 따라 꿈도 새로워질 것이니까.

성수부 聖樹賦
−생활의 겨울−

　생활의 귀족 되기는 어려우나 마음의 귀족 되기는 쉬운 듯하다. 외로움이 마음의 귀족을 만들었으나, 이제는 귀족다운 마음이 도리어 고독을 즐기게 되었다. 고독에 관한 옛 사람들의 명언을 적어도 십여 구를 마음속에 준비하는 동안에, 고독은 짜장 품에 사무쳐서 둘 없는 동무가 되었다.

　동무들에게서 오는 달명장의 편지, 가끔 문학을 이야기하러 오는 같은 뜻의 벗 ― 이런 교섭 이외에는 거의 외로운 마음의 생활이 있을 뿐이다.

　쓰지 않은 소설의 장면을 생각하여도 좋고, 쓸 곳 없는 외국어의 단어를 기억하는 법도 있으며, 할 일 없는 지도와 친히 구는 수도 있다. 보지 못한 풍경에 임의의 채색을 칠하여 봄은 마음의 자유이니, 그 어느 거리에다 붉은 집들과 하아얀 집들을 배치도 하여 보고, 언덕 위 절당에는 금빛 뾰족탑을 세워 보았다. 파란 빛 둥근 탑으로 고쳐 보았다.

다시 거리에는 자작나무와 사시나무의 가로수를 심고 그 속에 찬 공기와 부신 광선을 느껴도 볼 수 있는 이 아름다운 특권을 둘 없이 고맙게 여긴다. 곱게 채색한 그곳은 '포그라니이치나야포브라니치나야'라도 좋고, '쌍모릿트생모리츠'라도 무관하며, 무우동의 교외라도 좋은 것이다 ─ 마음의 꽃 휘날리는 곳에 혼자의 조그만 왕국이 있고, 생활이 있으며, 천국이 있다. 나는 그 속의 왕이다.

생활이란 무엇인가, 스스로 묻고, 움직임이다, 스스로 대답하고, 움직임에는 방향이 있어야 하지 않는가에 이를 때 귀찮은 생각을 집어치우면 그만이다. 나에게는 산을 뽑을 힘도 없고, 바다를 잦힐 열정도 없고, 별다른 지혜도 없으며, 사치를 살 금덩이도 없다. 다만 가난한 꿈 꾸는 재주를 가졌을 뿐이니 꿈 속에서만은 장검도 휘둘러 보고, 땅도 깨뜨릴 수 있고, 하늘의 별도 딸

수 있다. 사람이 있어 식물적 생활이라고 비웃는다 할지라도 나는 아아메녀의 거리, 낡은 성문 어귀에 웅크리고 누워 사막의 달밤을 꿈꾸는 털 빠진 낙타의 모양을 업신여길 수 없으며, 로맨티시스트의 이름을 조롱할 수는 없다. 리얼리스트이면서도 로맨티시스트 — 사람은 그런 것이다.

꿈을 빚어주는 것에 아름다운 계절, 계절이 있다. 여름에는 바다가 푸르고, 가을에는 화단이 맑고, 봄에는 온실이 화려하며, 겨울에는 — 겨울에는 색채가 가난하다. 눈조차 풍성하지 못하면 능금나무 가지는 앙클하며 꿈은 여위어 간다.

크리스마스가 가까워도 눈이 푼푼이 오지 않았다.

나뭇가지는 엉성궂고, 벌판은 휑휑하고 차다.

일요일 아침, 목욕물에 잠기면서 맞은편 예배당에서 흘러오는 찬송가를 듣기란 그것이 겨울이므로 더한층 정서 있는 것이었다. 평화로운 풍금 소리와 아름다운 합창에 귀를 기울이고 있으면 천국의 '세은문'이 탄탄대로같이 눈앞에 드리워 물 위에 너볏이 떠 있는 피곤한 육체에 날개가 돋쳐 그대로 쉽게 천당에 오를 듯한 느낌이다.

가난한 육체를 훑어보면서 성스러운 노래 속에 천국을 느낌은 유쾌한 일이다. 정신으로보다도 먼저 육체로 하늘을 찾고 싶은 것이다. 즐거운 노래의 여음餘音으로 문득 크리스마스가 가까웠음을 깨닫고, 아름다운 정서를 살리기 위하여 크리스마스 트리를 세우려 생각하였다.

'푸른 빛 귀한 방 안에 싱싱한 나무를 세우면 얼마나 아름다울까.'

생각만으로도 마음이 즐겁게 뛰었다.

사람을 시키니 반 달 동안이나 깊은 산을 헤맨 후 두 대의 굵은 전나무를 베어 왔다.

초목이란 초목은 모두 아름다운 것이지만 전나무의 아름다움은 새로운 발견이었다. 곧은 줄기, 검푸른 잎새, 탐탁한 자태, 욱신한 향기 — 바꿀 것 없는 산의 선물을 넓은 방 복판에 세워 놓고 나는 무지개를 쳐다볼 때와도 같은 감격을 느꼈다. 산의 정기와 별의 정기를 담뿍 머금은 두 포기의 생명은 잎새의 끝끝 줄기의 마디마디에 가지가지의 전설과 가지가지의 이야기 — 별 이야기, 밤 이야기, 바람 이야기, 눈 이야기, 새 이야기, 짐승 이야기 — 를 가지고 있을 것이나 둔한 신경으로는 그것을 드러낼 수 없는 것만 한된다.

크리스마스 이브에는 약간 눈이 내렸으나 땅을 덮을 정도가 못 되고, 내리자 녹곤 하였다.

낮부터 꾸미기 시작한 것이 저녁 때를 훨씬 넘었다. 아내는 제 일이 바쁘고, 아이는 거들 나이가 못 되므로 나는 나 혼자의 독창으로 손을 대었다. 멋대로의 소설을 생각하듯이 비위에 맞도록 창작하면 좋아하였으니까.

잎새 위에 편 솜은 물론 눈을 의미하는 것이요, 조롱조롱 단 금방울은 태양의 빛을 나타내자는 것이요, 반짝이는 별들은 산속의 밤을 방불시키자는 뜻이었다. 방울은 바람 소리를 — 휘연 휘연 드리운 금빛, 은빛 레이스는 자연의 소리를 — 듣자는 것이다. 수많은 인형은 산의 정혼들이요, 나무의 모습대로 방울방울 치장한 오색의 색천지는 정혼들의 찬란한 춤이다.

가난한 책시렁*과 철 늦은 의자와 벽에는 옛 소설가들의 초상과 타지 않은 파이프만이 있던 방 안이, 산의 정기를 맞이하자 신선한 생기를 띠고 빛나기 시작하였다. 책상 위에 오색이 어른

----

* 책시렁 서가書架. 문서나 책 등을 얹어 두거나 꽂아 두도록 만든 선반.

거리고 이야기 없는 원고지가 병든 것같이 하얗다.

나는 찬란한 무지개를 느끼면서 이야기 속 사람처럼 감격 속에 앉았었다.

크리스마스 트리만이, 색채만이 눈에 들어오는 것이 아니요, 그 너머에 꿈이, 생활이 눈앞에 어리우는 것이다. 이상한 일이다. 나무는 다만 나무로서는 뜻이 없는 것이요, 인물을 배치할 풍경을 그 너머에 생각함으로 뜻이 있다. 현실은 배후에 꿈을 생각함으로 생색이 있다.

나무를 앞에 놓고도 사람들을 생각하는 것이 즐겁다. 식물이 아니요, 역시 동물이 인연이 가까운 것이다.

밤늦게 라디오를 틀고 마닐라에서 오는 노래를 들노라면, 남쪽 계집의 열정적인 콧노래가 크리스마스 트리를 휩싸면서 흥에 겨운 야릇한 광경이 안계眼界에 방불하다. 큐라소*의 병을 기울이며 투명한 액체를 들여다보면 춤추는 꼴이 잔 속에 거꾸로 비추인다. 라디오의 음파를 갈아 놓으면 크리스마스 캐롤의 한 장면이 들리며 스쿠루지가 가난한 집 안의 크리스마스를 구경하고

* 큐라소 혼성주混成酒의 하나로 알코올에 쓴맛이 나는 오렌지 껍질을 넣어 조미한, 단맛이 나는 양주.

서 있는 그림이 크리스마스 트리와 더블로 떠오른다. 생활이란 더 많이 황당한 마음의 연속이다.

새벽 찬양대의 크리스마스 노래는 지극히 아름다운 것이다. 아련히 흘러오는 고운 멜로디에 잠이 깨었다. 어둠 속에 새벽 노래 줄기줄기 아름답다.

자취 없는 산타클로스는 아이에게는 양푼덩이만한 케이크를 가져왔으나, 나에게는 아무 선물도 가져오지 못하였다.

크리스마스는 적막하고 고요하고 쓸쓸하다.

전나무가 아직 싱싱한 동안 선물 — 이라고 할까, M에게서 편지가 왔다.

M — 꿈의 한 대상이다. 나는 그의 육체의 구석구석을 모르나 알며, 그의 마음의 갈피갈피를 보지 못하나 본다. 꽃봉오리 같은 젖꼭지를 알 수 있으며, 눈망울같이 영리한 마음속을 볼 수 있다.

그의 육체가 나의 생 속으로 뛰어들려고 하는 것보다는, 그의 마음이 나의 꿈 속에 헤매는 편이 피차에 행복스러울 것을 나는 잘 안다. '좁은 문'으로 들어가야 할 형편이며, 그것이 실상인즉 피차에 이로운 것이다.

어스름한 저녁이 되면 시골 거리의 앞, 긴 강 다리 위를 일없이 건넜다 돌아왔다 건넜다 돌아왔다 하면서 고요한 강물을 하염없이 내려다보다 지치면, 강가의 돌을 집어 물 위에 던져도 보고 쓸데없이 풀포기도 뽑아 보며⋯⋯.

지난 가을의 소식을 쓸쓸히 지낸 소녀는 이렇게 전하였다.

새까만 눈망울과 까스러 올라간 속눈썹과 꼭 끼는 앙상블을 입은 자태가 눈앞에 삼삼하도록 글자 사이에 정서가 넘쳤다.

소녀는 또 그가 꾼 이상한 꿈 이야기조차 거리낌 없이 고백한다.

─ 어디인지 문득 주위와 똑 멀어져 긴 돌층대가 뻗쳐 있다. 층대를 다 올라간 맨 위편에 내가 앉아서 층대 아래에 서 있는 그에게 손짓한다. 그는 응연히 고개를 숙이고 한 단 한 단 조용히 층대를 올라와 나에게까지 이른다.

읽고 보면 나 역시 언제인가 그런 꿈을 보지 않았던가 생각되어 그의 꿈과 나의 것이 서로 엉클어져서 어느 것이 뉘의 것인지 판단할 수 없는 착각을 느끼게 된다. 그만큼 서로의 생각이 갈피갈피인 것 같다.

그러나 이러한 꿈의 하소연은 나에게는 지나쳐 강렬한 암시요 자극이다. 큐라소를 마실 때와 같이 단 줄로만 안 것이 잔을 거듭하는 동안에 함빡 취하여지고 만다. 이 단 마술을 경계하여야 할 것을 알면서도 나는 어연미연간에 답장의 붓을 들게 되는 것이다.

나는 나의 마음이 대체 몇 갈피나 되는지 내 자신으로도 종잡을 수 없다. 한 줄기가 아니요 낙지다리같이 열 오리*, 스무 오리 — 그것이 다 거짓이 아니요, 참스러운 마음이다 — 사람은 그런 것일까.

답장에 답장이 오고, 답장에 답장을 쓰고 — 나무 밑에서 편지를 읽을 때가 많았다. 그러나 편지가 없더라도 꿈이 없는 것은 아니니, 그렇기 때문에 편지가 문득 끊어져도 슬픈 것은 아

* 오리 실, 나무, 대 따위의 가늘고 긴 조각을 세는 단위.

니었다.

그의 객관을 보며 현실에 접하면 나는 도리어 환멸을 느낄 것을 생각한다. 고독하므로 나무 잎새는 푸르고, 색전구는 밝다.

소리의 마음은 하늘의 구름과 같다. 생겼다 꺼졌다 흐렸다 하며 한결같이 떳떳하지 못함이 그것과 흡사하다. 나는 그의 편지에 가끔 여름의 구름을 보나 슬픈 법도 없으며, 마음은 돌부처같이 침착하다.

잎새가 시들어 떨어질 때까지, 향기가 날아서 없어질 때까지 크리스마스 트리를 세워 두려고 생각하였다. 그러는 동안에 봄이 오면 온실이 있을 것이요, 여름이 오면 바다가 아름다워질 테니까. 그 계절 계절을 따라 꿈도 새로워질 것이니까.

아름다운 계절들이 차례차례로 지나갔을 때, 나는 다시 새로운 크리스마스 트리를 외로운 지붕 밑에 세우리라. 새로운 편지를 장식하리라. 새로운 꿈을 꾸미고 새로운 편지를 읽으리라.

생활의 겨울이 빛나리라.

"우리 원을 주인이 들어준다디?"

재봉이 생각에는 얼토당토않은 듯하였다.

"그러니까 떼써서 안 들어주면 우리는 우리 할 대로 하잔 말이다."

"우리 할 대로?"

깨뜨려지는 홍등紅燈

1

"여보세요."

"이야기가 있으니 이리 좀 오세요."

"잠깐 들어와 놀다 가세요."

"너무 히야카시* 마시구 이리 좀 와요."

"아따 들어오세요."

"여보세요."

---

* 히야카시 희롱이나 조롱 또는 사지는 않고 물건을 구경거나 값만 묻는다는 뜻의 일본어.

"여보세요."

"여보세요."

……

저문 거리 붉은 등에 저녁 불이 무르녹기 시작할 때면 피를 말리우고 목을 짜내며 경칩의 개구리 떼같이 울고 외치던 이 소리가 이 청루*에서는 벌써 들리지 않았고 나비를 부르는 꽃들이 누樓 앞에 난만히* 피지도 않았다.

'상품'의 매매와 흥정으로 그 어느 밤을 물론하고 이른 아침의 저자* 같이 외치고 들끓는 '화려한' 이 저자*에서 이 누 앞만은 심히도 적막하였다.

문은 쓸쓸히 닫히었고 그 위에 걸린 홍등이 문 앞을 희미하게 비추고 있을 따름이다.

사시장청四時長靑 어느 때를 두고든지 시들어 본 적 없는 이곳이 이렇게 쓸쓸히 시들었을 적에는 반드시 심상치 않은 일이 일어

---

* 청루 靑樓 창기나 창녀들이 있는 집.
* 난만 爛漫 꽃이 활짝 많이 피어 화려함.
* 저자 '시장'의 옛말.

났음이 틀림없었다.

2

몇 백 원이나 몇 천 원 계약에 팔려서 처음으로 이 지옥에 들어오면 너무도 기막힌 일에 무섭고 겁이 나서 몇 주일 동안은 눈물과 울음으로 세상이 어두웠다. 밤이 되어 손님을 맡아 가지고 제 방으로 들어갈 때에는 도살장으로 끌리는 양이었다. 너무도 겁이 나서 울고 몸부림을 하면 어떤 사람은 가여워서 그대로 가 버리고 어떤 사람은 소리를 치고 주인을 부르고 포악을 부렸다. 그러면 주인이 쫓아와서 사정없이 매질하였다. 눈물과 공포와 매질에 차차 길든다 하더라도 일 년 열두 달 하루도 안 내놓고 밤새도록 부대끼고 나면 몸은 점점 피곤하여 가서 나중에는 도저히 체력을 지탱하여 갈 수 없었다. 그러나 병이 들어 누웠을 때면 미음 한 술은커녕 약 한 첩 안 달여 주었다. 몸 팔고 매 맞고 학대받고…… 개나 돼지에도 떨어지는 생활을 그들은 하여 왔던 것이다.

사람으로서의 대접을 못 받아 오는 그들이 불평을 품고 별러

온 지는 이미 오래였다. 학대받으면 받을수록 원은 맺혀 가고 분은 자라갔다. 비록 그들의 원과 분이 어떤 같은 목표를 향하여 통일은 되지 못하였을망정 여덟이면 여덟 사람 억울한 심사와 한 많은 감정만은 똑같이 가졌던 것이었다.

유심히도 피곤한 날이었다.

오정 때쯤은 되어서 아침들을 마치고 나른한 몸으로 층 아래 넓은 방에 모였을 때에 누구의 입에선지 이런 탄식이 새어 나왔다.

"우리가 왜 이렇게 고생을 하는가."

말할 기맥조차 없는 듯이 모두 잠자코 있는 가운데에 봉선이라는 좀 나어린* 창기가 뛰어 나서며 말하였다.

"너나 내나 팔자가 기박*해서 그렇지 않으냐. 그야 남처럼 버젓한 남편을 섬겨서 아들딸 낳고 잘살고 싶은 생각이야 누가 없었겠니마는 타고난 팔자가 기박한 것을 어떻게 하니."

_____

* 나어린 나이가 어린.
* 기박 奇薄 팔자나 운수 따위가 사납고 복이 없다.

무엇을 생각하는지 한참이나 잠자코 있던 부영이라는 나이 찬 창기가 이 말에 찬동하지 못하겠다는 듯이 항의를 하였다.

"팔자가 다 무어냐. 다 같이 이목구비를 갖추고 무엇이 남만 못해서 부모를 버리고 동기를 잃고 고향을 떠나 이 짓까지 하게 되었단 말이냐. 이렇게 많은 사람이 왜 모두 그런 기박한 팔자를 타고 났겠니."

"그것이 다 팔자 탓이 아니냐."

"그래도 너는 팔자구나……. 아무리 생각해도 나는 팔자 밖에 우리를 요렇게 맨들어 놓은 무엇이 있는 것 같더라."

경상도 어느 시골에서 새로 팔려와 밤마다 울음과 매에 지친 채봉이가 뛰어 나서면서 쉰 목소리로 외쳤다.

"내 세상에 보다 보다 × 팔아먹는 놈의 장사 처음 보았다. 문둥이 같은 놈의 세상!"

눈물 많은 그는 제 입으로 나온 이 말에 벌써 감동이 되어 눈에 눈물이 글썽하였다.

부영이가 그 뒤를 이었다.

"그래, 채봉이 말마따나 문둥이 같은 놈의 세상! 우리를 요렇게 맨들어 논 것이 기박한 팔자가 아니라 이 문둥이 같은 놈의 세상이란다."

"세상이 우리를 기구하게 맨들었단 말이냐?"

봉선이는 미심한* 듯하였다.

"그렇지 않으냐. 생각해 보려무나. 애초에 우리가 이리로 넘어올 때에 계약인지 무엇인지 해 가지구 우리를 팔아먹은 놈은 누구며 지금 우리가 버는 돈을 푼푼이 뺏어 내는 놈은 누구냐. 밤마다 피를 말리우고 살을 팔면서도 우리야 돈 한 푼 얻어 보았니."

"그야 그렇지."

"한 사람이 하룻밤에 적어도 육 원씩만 번다고 하여도 우리 여덟 사람이 벌써 근 오십 원을 버는 구나. 그 오십 원 돈이 다 뉘 주머니 속에 들어가고 마니. 하루에 단 오 원어치도 못 얻어 먹으면서 우리 여덟이 애쓰고 벌어서 생판 모르는 남 좋은 일만 시켜 주지 않았니."

한참이나 있다가 봉선이가 탄식하였다.

"그러고 보니 우리가 멍텅구리가 아니냐."

---

* 미심 未審 일이 확실하지 않아 마음을 놓을 수 없음.

"암, 그렇구말구. 우리는 사람이 아니구 물건이란다. 놈들의 농간으로 이리저리 팔려 다니며 피를 짜 놈들을 살찌게 하는 물건이란다."

"니 정말 그런고?"

"생각해 봐라. 곰곰이 생각해 보려무나 안 그런가."

"그럼 우리가 멀건 천치 아이가."

"천치란다. 멀건 천치란다. 팔자가 기박하고 이목구비가 남만 못한 것이 아니라 이런 천치 짓을 하는 우리가 못났단다."

"……."

"우리가 사람 같은 대접을 받아 왔나 생각해 봐라. 개나 도야지보다도 더 천하게 여기어 오지 않았니."

부영이의 목소리는 어쩐지 여기서 떨렸다.

"먹고 싶은 것 먹어 봤니, 놀고 싶을 때 놀아 봤니, 앓을 때에 미음 한 술 약 한 모금 얻어먹었니. 처음 들어오면 매질과 눈물에 세상이 어둡고 기한이 되어도 내놓지 않는구나."

어느덧 그의 눈에는 눈물이 돌았다. 그러나 떨리는 목소리로 여전히 계속하였다.

"저 명자만 해두 올 때에 계약한 돈을 다 벌어 주지 않았니. 그리고 기한이 넘은 지도 벌써 두 달이 아니냐. 그런데두 주인은 어데 내놓나 보아라. 한 방울이라도 더 우려내고 한 푼이라도 더 뜯어낼려고 꼭 잡고 내놓지 않는구나."

이 소리를 듣는 명자의 눈에는 눈물이 괴었다. 기어코 참을 수 없이 그만 울음이 터져 나오고야 말았다.

채봉이도 따라 울었다.

나어린 봉선이는 설움을 못 이겨서 몸부림을 치면서 흑흑 느끼기까지 하였다.

이렇게 하여 이윽고 각각 설운 처지를 회상하는 그들은 일제히 울어 버리고야 말았던 것이다.

부영이만은 입술을 징긋이* 깨물고 울음을 억제하면서 말 뒤를 이었다.

"우리는 사람이 아니다. 이 개나 도야지만도 못한 천대를 너희들은 더 참을 수 있니. 꾸역꾸역 더 참을 수 있겠니?"

"……."

"이 천대를 더 참을 수 있겠니?"

---

* 징긋이 지그시.

"참을 수 없으면 어이 하노."

채봉이는 눈물 섞인 목소리로 한탄하였다.

부영이는 한참 동안이나 대답이 없었다.

그러다가 마침내 그는 좌중을 돌아보면서,

"울지를 말아라. 울면 무엇하니."

하고 고요히 우려내는 듯이 한마디 또렷또렷이 뱉어 냈다.

"울지 말고 우리 한번 해보자!"

"무얼 해보노?"

"우리 여덟이 짜고 주인과 한번 해보자!"

"해보다니, 어떻게 한단 말이냐?"

눈물 어린 얼굴들이 일제히 부영이를 향하였다.

"우리 원이 많지 않으냐. 그 원을 들어달라고 주인한테 떼써 보자꾸나."

"우리 원을 주인이 들어준다디?"

재봉이 생각에는 얼토당토않은 듯하였다.

"그러니까 떼써서 안 들어주면 우리는 우리 할 대로 하잔 말이다."

"우리 할 대로?"

눈물에 젖은 눈들이 의아하여서 다시 부엉이를 바라보았다.

"모두 짜고 말을 안 들어주면 그만이 아니냐. 돈을 안 벌어 주면 그만이 아니냐."

"그렇게 하게 하겠니?"

"일제히 결심하고 죽어도 말 안 듣는데 제인들 어떻게 한단 말이냐."

"옳지!"

"그렇지!"

그들은 차차 알아들 갔다.

마침내 부엉이의 설명과 방침을 잘 새겨들은 그들은 두 손을 들고 기쁨에 넘쳐서 뛰고 외쳤다.

"좋다!"

"좋다!"

"부영아 이년아, 니 어디서 그런 생각 배웠나."

"그전에 공장에 다니던 우리 오빠에게서 들었단다. 그때 공장에서도 그렇게 해서 월급 오르고 일 시간 적어지고 망나니 감독까지 내쫓았다더라."

"니 이년아 맹랑하다."

"우리도 하자!"

"하자!"

"하자!"

수많은 가냘픈 주먹이 꿋꿋이 쥐이고 눈물에 흐렸던 방 안은 이제 계획과 광명에 활짝 개어 올랐다.

이렇게 하여 결국 그들은 어여쁜 결심을 한 끈에 맺어 일을 단행하게 되었다. 이때까지 이 세상에서 받아 온 학대에 대한 크나큰 원한과 분이 이제 이 집 주인과의 대항이라는 한 구체적 형식으로 표현되었던 것이다.

처음인 그들은 일의 교섭을 부영이에게 일임하였다. 부영이는 전에 오빠에게서 들은 것이 있어서 구두로 주인과 담판하기를 피하고 오빠들의 예를 본받아서 요구서 비슷한 것을 작성하기로 하였다.

여덟 사람 입에서 나오는 수많은 조목 중에서 대강 다음과 같은 요구의 조목을 추려서 능치는 못하나 대강 읽을 줄 알고 쓸 줄 아는 부영이는 한 장의 종이를 도톨도톨한 다다미* 위에 놓은 채 그 위에 공을 들여서 내려 적었다.

一. 기한 넘은 명자를 하루라도 속히 내놓을 일.

一. 영업시간은 오후 여섯 시부터 새로 두 시까지 할 일(즉 두
시 이후에는 손님을 더 들이지 말 일).

一. 낮 동안에는 외출을 마음대로 시킬 일.

一. 한 달에 하루씩 놀릴 일.

一. 처음 들어온 사람을 매질하지 말 일.

一. 앓을 때에는 낫도록 치료를 하여 줄 일.

이렇게 여섯 가지 조목을 적고 그다음에 만약 이 조목의 요구
를 하나라도 안 들어주면 동맹하여 손님을 안 받겠다는 뜻을 간
단히 쓰고 끝에 여덟 사람의 이름을 연서*하고 각각 제 이름 밑
에 지장을 찍었다.

다 쓴 뒤에 부영이가 한번 읽어주었다. 제 입으로 한 마디 한
마디 떠듬떠듬 뜯어들 읽기도 하였다.

다 읽은 뒤에 그들은 벌써 일이 다 되고 주인이 굽실굽실 꿀려

---

* 다다미 마루방에 까는 일본식 돗자리.
* 연서 連署 한 문서에 여러 사람이 잇따라 서명함.

오는 듯하여서 손을 치고 소리 지르고 한없이 기뻐들 하였다. 전에는 생각지도 못하였던 합력의 공이 끔찍이도 큰 것을 처음으로 안 것도 기쁜 일이었다.

뛰고 붙고 마음껏 기뻐들 한 끝에 그들은 제비를 뽑아서 공을 집은 사람이 요구서를 주인한테 가지고 가서 내기로 하였다.

3

"아, 요런 년들."

"아니꼬운 년들 다 보겠다."

"되지 못한 년들."

"주제넘은 년들."

주인 양주는 팔짝 뛰면서 번차례로 외치면서 방으로 쫓아왔다.

"같지 않은 년들, 이것이 다 뭐냐."

요구서가 약 오른 그의 손끝에서 바르르 떨렸다.

"너희 할 일이나 하구 애초에 작정한 돈이나 벌어 주면 그만이지, 요 꼴들에 요건 다 뭐냐."

한 사람 한 사람씩 노리면서 그는 떨리는 손으로 요구서를 쪽쪽 찢어 버렸다.

"되지 못한 년들, 일일이 너희들 시중만 들란 말이냐. 돈은 눈곱만큼 벌어 주고 큰소리가 무슨 큰소리냐."

분은 터져 오르나 주인의 암팡스러운 말에 모두들 잠자코 있는 사이에 참고 있던 부영이가 마침내 입을 열었다.

"당신이 그럼 우리를 사람으로 대접해 왔단 말요?"

"이년아, 그럼 너희들을 부잣집 아가씨처럼 대접하란 말이냐?"

"부잣집 아가씨구 빌어먹을 것이구 당신이 우리를 개나 도야지만큼이나 여겨 왔소?"

"그렇게 호강하고 싶은 년들이 애초에 팔려 오기는 왜 팔려왔단 말이냐?"

"우리가 팔려 오고 싶어 팔려 왔소?"

"그러게 말이다. 한껏 이런 데 팔려 오는 너희 년들이 무슨 건방진 소리냐 말이다."

"이런 데 팔려 오는 사람은 다 죽을 거란 말요. 너무 괄세* 말구려."

"요 꼴들에 괄세는 다 뭐냐 같지 않게."

"같지 않다는 건 다 뭐야."

"아, 요런 년! 버릇없이."

팔짝 뛰면서 그는 부영이의 따귀를 찰싹 갈겼다.

순간 약 오른 그들의 얼굴에는 핏대가 쭉 뻗쳐올랐다.

"이놈아 왜 치니?"

"무슨 재세*로 사람을 함부로 치느냐."

"너한테 매여만 지낼 줄 알았드냐?"

"발길 놈아."

"죽일 놈아."

그들은 약속한 바 없었으나 약속하였던 것같이 일제히 일어서서 소리 높이 발악을 하였다.

"하, 같지 않은 것들."

주인은 '같지 않아서' 보다도 예기치 아니한 소리 높은 발악에 기를 뺏겨서 목소리를 낮추고 주춤 물러섰다.

---

* 괄세 '괄시'의 잘못.
* 재세 어떤 힘이나 세력 따위를 믿고 교만하게 굶, 북한어.

"이때까지 너희들 먹여 살린 것이 누구냐. 은혜도 모르고 너희들이 그래야 옳단 말이냐?"

"은혜? 같지 않다. 누가 누구의 은혜를 입었단 말이냐?"

"배가 부르니까 괜 듯만 싶으냐. 밥알이 창자 속에 곤두서니까 너희들 세상만 싶으냐."

"두말 말고 우리 말을 들어줄랴면 주고 안 들어줄랴면 그만이고 생각대로 하구려."

"흥, 누가 몸이 다나 두고 보자. 굶어 죽거나 말거나 이년들 밥 한술 주나 봐라."

이렇게 위협하면서 주인은 방을 나가 버렸다.

"원, 나중엔 별것들 다 보겠네."

한쪽 구석에 말없이 서 있던 주인 여편네도 중얼거리면서 따라 나갔다.

4

이렇게 하여 주인과 대전한 지 사흘이었다.

식료食料는 온전히 끊기었다.

사흘 동안 속에 곡식 한 톨 넣지 못한 그들은 기맥이 쇠진하
였다.

오늘도 명자는 이층 한 구석 제 방에서 엎드려 울기만 하였다.

며칠 동안 손님을 안 받으니 몸이 거뿐하기는 하였으나 그 대
신 배가 고파서 견딜 수가 없었다.

"공연히 이 짓을 했지. 이 탓으로 나갈 기한이 더 늦어지면 어
떻게 하나."

고픈 배를 부둥켜안고 엎드렸다 일어났다 하면서 그는 걱정하
였다.

이 생각 저 생각에 설워지면 품에 지닌 사진을 몇 번이고 몇
번이고 꺼내 보았다. 사진을 들여다보면 그는 재없이* 한바탕 울
고야 말았다. 그러나 눈물이 마를 만하면 그는 또다시 사진을 꺼
내 보았다.

이 지옥에 들어온 지 삼 년 동안 그 사진만이 그의 유일한 동
무였고 위안이었다. 그것은 정든 임의 사진이 아니라 그의 어렸
을 때의 집안 식구와 같이 박은 것이었다. (그의 집안은 그때에는

* 재없이 어김없이. 틀림없이.

남부럽지 않게 살았던 것이다.) 아버지 어머니가 뒤에 서고 그는 어린 동생들과 손을 잡고 앞줄에 서서 박은 것이다. 추석날 읍에서 사진장이가 들어왔을 때에 머리 빗고 새 옷 입고 박은 것이었다. 벌써 칠 년 전이다. 그 후에 어찌함인지 가운이 기울기 시작하여 집에 화재가 난다 땅이 떠내려간다 하여 불과 사 년 동안에 가계가 폭삭 주저앉았던 것이다. 그리하여 삼 년 전에 서리서리 뒤틀린 괴상한 연줄로 명자가 이리로 넘어오게까지 되었다. 고향을 끌려 나올 때에 단 한 가지 몸에 지니고 나온 것이 곧 이 한 장의 사진이었다.

어머니 아버지가 보고 싶을 때마다 동생들이 생각날 때마다 그는 사진을 내보고 실컷 울었다. 집도 절도 없는 고향에 지금 아버지 어머니가 있을 리 만무할 것이다. 그릇 이고 쪽박 차고 알지 못하는 마을을 헤매고 있을는지도 모른다. 그러나 그것도 저것도 고향에 가야 알 것이다. 얼른 고향에 가야 그들의 간 곳도 찾아낼 수 있을 것이다.

이렇게 생각하는 그는 하루도 몇 번 사진과 눈씨름하면서 얼른 삼 년이 지나 계약한 기간이 오기만 고대하였다. 그러나 삼 년이 지나 기한이 넘어도 주인은 그를 내놓으려고 하지 않았다.

이 생각 저 생각에 분하고 원통하여서 오늘도 종일 사진을 보며 울기만 하였다.

사진 보고 생각하고 울고 하는 동안에 오늘 하루도 다 가고 어느새 밤이 되었다.

명자는 눈물을 씻고 일어나서 커튼을 열었다.

창밖에는 넓은 장안이 끝없이 깔렸고 암흑의 거리거리가 층층의 생활을 집어삼키고 바다같이 깊다.

그 속에 수많은 등불이 초저녁의 별같이 쏟아져서 깜빡깜빡 사람을 부르는 듯하였다.

명자는 창을 열고 찬 야기*를 쏘이면서 시름없이* 거리를 내려다 보았다.

그 속은 어쩐지 자유로울 것 같았다. 속히 이곳을 벗어나 저 속에 마음껏 헤엄쳐 볼까 하고도 그는 생각하였다.

매력 있는 거리를 한참이나 바라보다가 그는 다시 창을 닫고 커튼을 쳤다.

---

* 야기 夜氣 밤공기의 차고 눅눅한 기운.
* 시름없다 근심과 걱정으로 맥이 없다.

새삼스럽게 기갈*이 복받쳐 왔다.

그는 그 길로 바로 곧은 층층대를 타고 내려가 층 아랫방으로 갔다.

넓은 방에는 사흘 동안의 단식에 눈이 푹 꺼진 동무들이 맥없이 눕기도 하고 혹은 말없이 앉았기도 하였다.

"배고파 못 살겠다."

명자는 더 참을 수 없어 항복하여 버렸다.

말없는 그들도 따라서 외쳤다.

"속 쓰리다."

"배고프다."

"이게 무슨 못 할 짓인고."

"×을 팔면 팔지 내사 배곯구는 몬 살겠다."

누웠던 부영이가 일어나서 그들을 진정시키려고 쇠진한 의기를 채질*하였다.

"사흘 동안 굶어서 설마 죽겠니. 옛날의 영악한 사람은 한 달

---

* 기갈 飢渴 배고픔과 목마름.
* 채질 채찍질

138
다시 읽는 이효석

이나 굶어도 늠실하였다드라."

"옛날은 옛날이고 지금은 지금이 아니냐."

"지금 사람이 더 영악해야 하잖겠니. 저희가 아쉬운가 우리가 꿀리나 어데 더 참아 보자꾸나."

부영이가 이렇게 말하면,

"죽든지 살든지 해보자!"

"더 참아 보자!"

하는 한 패와 그래도,

"못 살겠다."

"못 견디겠다."

"배고파 죽겠다."

하는 패가 있었다.

"그다지도 고프냐?"

부영이는 이제 더 달래갈 수는 없었다.

"눈이 뒤집히는 것 같고 몸이 뒤틀리는 것 같아서 못 살겠다."

"그럼 있는 대로 모아서 요기라도 하자꾸나."

부영이는 치마춤을 뒤지더니 백통전*을 두어 닢 방바닥에 던졌다.

"자, 너희들도 있는 대로 내놓아라. 보자."

치마춤에서들 백통전이 한 닢 두 닢씩 방바닥에 떨어졌다.

그것은 손님을 받을 때에만 가외加外로 한 닢 두 닢 얻어둔 것이었다.

볼 동안에 여남은 닢 모인 백통전을 긁어모아서 부영이는 채봉이에게 주었다.

"자, 너 좀 가서 무엇이든지 먹을 것을 사 오려무나."

채봉이는 돈을 가지고 건너편 가게에 나가서 두 팔에 수북이 빵을 사 들고 들어왔다.

5

"년들, 맹랑하거든."

하루도 채 못 가 항복하리라고 생각한 것이 사흘이나 끌어 왔으니 주인은 놀라지 않을 수 없었다. '년들이 소행이 괘씸'하기도 하였으나 애초에 잘 달래 놓을 것을 그런 줄 모르고 뻗대 온

---

* 백통전 백통돈. 구리, 아연, 니켈의 합금인 백통으로 만든 돈.

것이 큰 실책인 듯도 생각되었다. 하룻밤이 아까운 이 시절에 사흘 밤이나 문을 닫치는 것은 그에게 곧 막대한 손해를 의미한다. 더구나 다른 누구보다도 유달리 번창하는 이 누이니만치 손해는 더욱 큰 것이다. 숫자적 타산이 언제든지 머릿속을 떠날 새 없는 주인은 한 시간이 아까워 견딜 수 없었다. 더구나 밤이 시작됨에 따라 밖에서 더욱 요란하여지는 사내들 노래를 들으려니 한시도 더 참을 수 없어서 그는 또 방으로 쫓아왔다.

"얘들, 배 안 고프냐?"

목소리를 힘써 부드럽게 하였다.

"우리 배고프든 안 고프든 무슨 상관이오."

용기를 얻은 봉선이는 대담스럽게 톡 쏘아붙였다.

"공연히 그렇게 악만 쓰면 너희만 곯지 않느냐. 이를 때에 고분고분히 잘 들으려무나. 나중에 후회 말구."

"우리야 후회를 하든지 말든지 남의 걱정 퍽 하우."

이제 빵으로 배를 다진 그들은 쉽게 넘어가지는 않았다.

"제발 그만들 마음을 돌려라."

"그럼 우리의 원을 들어주겠단 말요."

"아예 그런 딴소리는 말고 밥들이나 먹고 할 일들이나 해라."

"딴소리가 다 무어요. 우리의 원을 들어주겠느냐 안 들어주겠느냐 말요."

"자, 일어들 나거라. 벌써 사흘 밤이 아니냐?"

"사흘 아니라 석 달이래도 우리는 원을 이루고야 말 테예요."

"글쎄 너희들 일이 됐니. 밥 먹여 살리는 주인한테 이렇게 대드는 법이 세상에 어데 있단 말이냐?"

"잔소리는 그만 두어요. 우리의 원을 들어 주겠으면 주고 싫으면 그만이지 딴소리가 웬 딴소리요."

부영이가 한 마디 한 마디 또박또박 캐서 들이밀었다.

"너 이년들, 말 안 들을 테냐."

누그러졌던 주인은 별안간에 발끈하였다. 노기에 세모진 눈이 노랗게 빛났다.

"얼리니까* 괸* 듯만 싶어서 년들이."

"아따, 얼리지 않으면 어떻게 할 테요. 어떻게 할 테야?"

"그래도 그년이."

---

* 얼리다 '어르다' 의 북한어.
* 괸다 떠받들어 대하다, 북한어.

"그년이란 다 무어야."

"아, 요런 년."

주인은 팔짝 뛰면서 부영이의 볼을 갈겼다. 푹 고꾸라지는 그의 머리통을 뒤미처 갈기고 풀어진 머리채를 한 손에 감아쥐면서 그는 큰소리로 그들을 위협하였다.

"이년들, 다들 덤벼봐라."

그러나 악 오른 것은 그만이 아니었다.

동무가 이렇게 얻어맞고 창피한 욕을 당하는 것을 보는 그들은 일시에 똑같이 분이 터져 올랐다. 전신에 새빨간 핏대가 쭉 뻗쳤다. 그러나 너무도 악이 복받쳐서 한참 동안은 벌벌 떨기만 하고 입이 붙어 말이 안 나왔다.

"이년들, 다들 덤벼라."

놈은 머리채를 징긋이 감아쥐면서 범같이 짖었다.

"이놈아, 사람을 또 친단 말이냐."

"너 듣기 싫으면 그만이지 왜 사람을 치느냐."

"몹쓸 놈아!"

"개 같은 놈아."

맥은 없으나마 힘은 모자라나마 그들은 악과 분을 한데 모아

일제히 놈에게 달려들었다. 놈의 옷자락도 붙들고 놈의 따귀도 치고 놈의 머리도 들고 놈의 다리에도 매달리고 놈의 살도 물어뜯고 그들은 악 나는 대로 힘자라는 대로 벌떼같이 놈의 몸에 움켜 붙었다.

나 찬 몸에 힘이 좀 부치기는 하였으나 원체 뼈대가 단단하고 매서운 사나이라 놈은 몸에 들어붙은 그들을 한 손으로 뿌리쳐 뜯기도 하고 발길로 차서 떨어뜨리기도 하면서 여전히 부영이의 머리채를 휘어잡은 채 이 구석 저 구석 넓은 방 안을 질질 몰고 다녔다.

밑에서 밟히고 끌리는 부영이의 입에서는 피가 흘렀다. 이리 저리 끌리는 대로 넓은 방바닥에 핏줄이 구불구불 고패*를 쳤다.

이윽고 한쪽에서는 분을 못 이기는 울음소리가 터져 나왔다.

"몹쓸 놈아, 쳐라."

"너도 사람의 종자냐?"

"벼락을 맞을 놈아!"

"혀를 빼물고 꺼꾸러져도 남지 않을 놈아!"

---

* 고패 '고팽이'의 북한어. 단청에서 '나선형 무늬'를 이르는 말.

"사람을 죽이네!"

"순사를 불러라!"

"그들은 소리를 다하고 악을 다하였다. 나중에 주인 여편네가 기겁을 하고 쫓아왔다.

옷이 찢기고 멍이 들고 피가 흘렀다.

그것도 저것도 다 헤아리지 않고 그들은 온갖 힘을 다하여 이를 악물고 놈과 세상과 접전하였다.

6

"문 열어라."

"자고 가자."

밤이 익어감을 따라 문밖에서는 취객들의 외치는 소리가 쉴 새 없이 높이 났다.

"다들 죽었니."

"명자야."

"부영아."

"채봉아."

문 두드리는 소리가 새를 두고 흘렀다. 그래도 안에서 대답이 없으면 부서져라 하고 난폭하게 한참씩 문을 흔들다가는 무엇이라고 욕지거리를 하면서 다른 곳으로 가 버렸다.

이렇게 한 떼 가 버리고 나면 다음에 또 한 떼가 나타났다.

"문 열어라."

"웬일이냐? 사흘이나!"

"봉선아."

"채봉아."

"봉선아."

방에서는 모두들 맥을 잃고 누웠었다.

극렬한 싸움 뒤에 피곤 — 하였다느니보다도 실신한 듯이 잔약한 여병졸들은 피와 비린내가 난잡 속에 코를 막고 죽은 듯이 이리저리 눕고 있었다. 분이 나서 쌔근쌔근 — 하지도 못하였던 것이다. 그러기에는 너무나 기맥이 쇠진하였었다. 말없이 죽은 듯이 그들은 다만 누워 있었다. 그러나 그들은 한 사람도 아직 그들이 졌다고는 생각하지 않았다. 잠시 피곤할 따름이다. 맥이 나면 놈과 또다시 싸워야 할 것이다 — 고 그들은 생각하고 있었다.

"봉선아."

"내다, 봉선아."

"너 이년, 나를 괄세하니."

"봉선아."

"봉선아."

밖에서 부르는 소리가 하도 시끄럽기에 봉선이는 일어나서 방을 나가 문을 열었다.

"봉선아, 너 이년 나를 몰라보니?"

하면서 달려드는 사내는 자기를 맡아 놓고 사주는 나지미*였다.

그러나 봉선이는 오늘만은 그를 반가운 낮으로 대하지 않았다.

"아녜요. 오늘은 안 돼요."

하면서 그를 붙드는 사내를 밀치고 문을 닫치려 하였다.

"안 되긴 왜 안 된단 말이냐? 사흘이나."

사내는 그를 붙들고 놓지 않았다.

"주인 녀석과 싸우고 벌이 않기로 했어요."

"주인과 싸웠어?"

---

* 나지미 한 창녀의 단골손님을 뜻하는 일본어.

사내들은 새삼스럽게 그의 찢긴 옷, 헝클어진 머리, 피 흔적을 자세히 들여다보았다.

"자, 다음날 오구 오늘들은 가세요."

"아니, 왜 싸웠단 말이냐?"

"주인 놈이 몹쓸 녀석이라우…… 우리 말을 들어주기 전에는 우리가 일을 하나 봐라."

"주인이 몹쓸 놈이어서 싸웠단 말이냐?"

봉선이는 주춤하고 뜰을 내려서서 목소리를 높였다.

"사람을 굶기고 그 위에 죽도록 치고…… 주인 놈이 천하에 고약한 놈이지 지금 저 방에는 죽도록 얻어맞고 피를 토한 동무들이 죽은 듯이 눕고 있다우."

하면서 방을 가리키는 그의 눈에는 눈물이 핑 돌았다.

봉선이의 높은 목소리에 이웃집 문전에서 떠들고 흥정하고 노래하던 사내와 계집들이 한 사람 두 사람씩 옹기종기 이리로 모여들었다.

봉선이는 서러워서 견딜 수 없었다. 맡길 곳 없는 설움을 이제 이 많은 사람 앞에서 마음껏 하소연하여 보고 싶었다.

그는 뜰에 올라서서 두 손을 들고 고함을 쳤다.

"들어 보시오! 당신들도 피가 있거든 들어 보시오! 우리는 사람이 아니오. 우리가 사람 같은 대접을 받아온 줄 아오? 개나 도야지보다도 더 천대를 받아 왔소. 당신네들이 우리의 몸을 살 때에 한 번이나 우리를 불쌍히 여겨 본 적이 있었소? 우리는 개만도 못하고 도야지만도 못하고, 먹고 싶은 것 먹어 봤나 놀고 싶을 때 놀아 봤나 앓을 때에 미음 한 술 약 한 모금 얻어먹었나. 처음 들어오면 매질과 눈물에 세상이 어둡고 계약한 기한이 지나도 주인 놈이 내놓기를 하나, 한 방울이라도 더 우려내려고 한 푼이라도 더 뜯어내려고 꼭 잡고 내놓지 않는다. 우리는 사람이 아니다. 사람이 아니구 물건이다. 애초에 우리가 이리로 넘어올 때에 계약인지 무엇인지 해 가지고 우리를 팔아먹은 놈 누구며, 지금 우리의 버는 돈을 한 푼 한 푼 다 빨아내는 놈은 누군가. 우리는 그놈들을 위해서 피를 짜내고 살을 말리우는 물건이다. 부모를 버리고 동기를 잃고 고향을 떠나 개나 도야지만도 못한 천대를 받게 한 것은 누구인가, 누구인가."

그는 흥분이 되어서 그도 모르게 정신없이 외쳤다. 며칠 전 부영이에게서 들어 두었던 말이 이제 그의 입에서 순서는 뒤바뀌었을망정 마치 제 속에서 우러나오는 말같이 한 마디 한 마디 뒤를 이어서 쏟아져 나왔던 것이다. 장황은 하나 그는 이것을 다 말하지 않고는 배길 수 없었다. 그는 여전히 흥분된 어조로 계속하였다.

"다 같은 이목구비를 갖추고 무엇이 남보다 못나서 이 짓을 하게 되었나. 이 더러운 짓을 하게 되었는가. 남처럼 버젓하게 살지 못하고 왜 이렇게 되었는가? 우리의 팔자가 기박해서 그런가. 팔자가 무슨 빌어먹을 놈의 팔잔가?"

사흘 전에 부영이에게 반대하여 팔자를 주장하던 그가 이제 와서 확실히 팔자를 부정하였다. 그는 벌써 사흘 전의 그는 아니었다. 사흘 후인 이제 그는 똑바로 세상을 볼 줄 알았던 것이다.

"이 문둥이 같은 놈의 세상이, 놈들의 농간이, 우리를 이렇게 기구하게 맨들지 않았는가?"

봉선이가 주먹을 쥐고 이렇게 높이 외치자 사람 숲에서는 여러 가지 소리가 들려오고 가운데에는 감동하여 손뼉 치는 사람도 있었다.

"옳다!"

"고년, 맹랑하다."

"똑똑하다."

같은 처지에 있으니만큼 그중에 모여 섰던 이웃집 창기들에게는 봉선이의 말이 뼛속까지 젖어 들어가서 그들은 감격한 끝에 길게 한숨도 쉬고 남몰래 눈물도 씻으면서 얕은 목소리로 각각 탄식하였다.

"정말 우리는 사람이 아니다."

"개만도 못한 천대를 받아 오지만 않니."

"부모 형제 다 버리고 이것이 무슨 죄냐."

"몹쓸 놈의 세상 같으니."

맡길 곳 없는 설움을 이제 이렇게 뭇사람 앞에서 마음껏 하소연 한 봉선이의 속은 자못 시원하였다. 동시에 여러 사람 앞에서 한 번도 지껄여 본 적 없고 남이 하는 연설 한마디 들어 본 적 없는 무식하고 철모르던 그가 어느 틈에 이렇게 철이 들고 구변*이 늘었는가를 생각하매 자기 스스로 은근히 탄복하지 않을 수 없었다.

그는 이를 악물고 높은 구변으로 계속하였다.

"우리는 이 천대를 더 참을 수 없다. 천치같이 더 속아 넘어갈 수 없다. 우리는 일제히 짜고 주인 놈과 싸웠다. 놈은 우리의 말을 한 마디도 안 들어주고 우리를 사흘 동안이나 굶기면서 됩데*

우리를 때리고 차고 죽일 놈 같으니. 지금 저 방에는 죽도록 얻어맞은 동무들이 피를 토하고 누워 있다. 저 방에, 저 방에."

하면서 가리키는 그의 손을 따라 사람들은 그쪽을 향하였다.

정신없이 지껄인 바람에 잠깐 사라졌던 분이 이제 또다시 그의 가슴에 새삼스럽게 타올랐다. 그는 악을 다하여 소리소리 쳤다.

"주인 놈이 죽일 놈이다. 우리가 다시 일을 하나 보라. 다시 이 짓을 하나 봐라. 우리는 벌써 너에게 매인 몸이 아니다. 깍정이 같은 놈. 다시 돈 벌어 주나 봐라."

주인이 바로 눈앞에 있는 것처럼 그는 눈을 노리고 욕을 퍼부었다.

분통이 터져서 전신이 바르르 떨렸다.

"다시 일을 하나 봐라. 이놈의 집에, 이 더러운 놈의 집에 다시 있는가 봐라."

그는 이제 집 그것을 저주하는 듯이 터지는 분과 떨리는 몸을

* 구변 口辯 말솜씨.
* 됩데 '도리어'의 방언.

문에다 갖다 탁 부딪쳤다.

문살이 부서지며 유리가 깨트러졌다.

미친 사람같이 그는 허둥지둥 다시 일어나 땅에서 돌을 한 개 찾아 들더니 '봉학루'라고 쓰인 문 위에 달린 붉은 등을 겨누었다.

다음 순간 뎅그렁하고 깨트려지는 홍등이 땅에 떨어지기가 무섭게 으쌱 하고 조밥이 되어 버렸다.

해끗한* 유리 조각이 주위에 팍삭 날고 집 앞은 순식간에 암흑으로 변하였다.

잠시 숨을 죽이고 그의 거동을 살피던 사람들은 어둠 속에서 수물거리기 시작하였다.

"봉선아, 너 미쳤구나."

"주인 놈을 잡아내라!"

"잘 깼다. 질내^{끝내} 이놈의 짓을 하겠니?"

"동맹 파업이다."

"잘했다!"

---

* 해끗한 얼핏 하얀 빛깔이 비치는.

"요 아래 추월루에서도 했다드라!"

깨뜨려진 홍등. 어두운 이 문전을 중심으로 이 밤의 이 거리, 이 저자는 심히도 수물거리고 동요하였다.

이효석

가산 이효석 李孝石

소설가. 호는 가산町山이다.

1907년 2월 23일 강원도 평창군 봉평면 창동리에서 출생하여 경성제일고등
보통학교(현 경기고 전신)를 거쳐 경성제국대학(현 서울대학교의 전신) 법문학
부 영어영문학과를 졸업하고 1928년 잡지 〈조선지광〉에 단편소설 〈도시와 유
령〉을 발표하면서 문단에 나왔다. 이효석은 함북 경성농업학교, 평양 숭실전문
학교, 대동공업전문학교에서 교편생활을 하기도 하였다. 작가생활 초기에는 유
진오 등과 함께 경향적인 동반자 작가로 인정을 받았으나 그 후 모더니즘 문학
단체인 '구인회'에 참여하였고 1933년 〈돈豚〉, 〈산〉, 〈들〉 등을 발표하면서 경
향성을 탈피, 자연과 인간 본능의 순수성을 시적인 문체로 유려하게 묘사했다.
1936년에는 한국 단편문학의 백미라고 평가되는 〈메밀꽃 필 무렵〉을 발표하였
다. 또한 그의 대표적인 장편이라고 할 수 있는 〈화분〉은 인간의 성적 윤리性的倫
理를 다루는 새로운 작품으로 주목 받았다.

- 1907년(1세) 1907년 2월 23일 강원도 평창군 봉평면에서 면장인 부 이시후(李始厚) 씨와 모 강홍경(康洪敬) 씨 사이에서 1남 3녀 중 장남으로 출생.

- 1910년(4세) 서울에서 교편을 잡고 있던 아버지를 따라 가족이 서울로 이주.

- 1912년(6세) 가족과 함께 봉평으로 낙향.

- 1914년(8세) 평창의 평창보통학교(현 평창초등학교) 입학(4월).

- 1920년(14세) 평창보통학교를 졸업(3월)하고 서울의 경성 제일고등보통학교(현 경기고등학교 전신) 입학.

- 1925년(19세) 매일신보 신춘문예에 시 〈봄〉이 선외(選外) 가작으로 뽑힌 후 《매일신보》에 시와 단편을 발표하기 시작. 경성제일고등보통학교를 우등으로 졸업(3월)하고 경성제국대학(현 서울대학교 전신) 법문학부 영문과에 입학(4월). 조선인 학생회인 문우회(文友會)에 참가하여 유진오(兪鎭午), 이희승(李熙昇), 이재학(李在鶴) 등과 함께 동인지 《문우(文友)》와 예과 학생지인 《청량(淸凉)》 등에 습작시 〈동(冬)의 시장(市場)〉, 〈유월의 조(朝)〉 등을 발표.

- 1927년(21세) 예과를 거쳐 법문학부 영문과에 진학. 《청년(靑年)》지에 단편 〈주리면……〉 발표.

- 1928년(22세) 《조선지광(朝鮮之光)》 7월호에 단편 〈도시와 유령〉을 발표

하면서 문단에 데뷔, 경향문학(傾向文學)의 동반작가(同伴作家)로 활동 시작.

■ 1929년(23세)　《조선지광》에 단편 〈기우(奇遇)〉를, 《조선문예(朝鮮文藝)》에 단편 〈행진곡〉을, 중외일보에 시나리오 〈화륜(火輪)〉을 발표.

■ 1930년(24세)　경성제국대학 졸업(3월). 단편 〈깨뜨려지는 홍등(紅燈)〉을 《대중공론(大衆公論)》에, 〈추억〉을 《신소설》에, 〈마작철학〉을 조선일보에, 〈약령기(弱齡記)〉를 《삼천리(三千里)》에 발표.

■ 1931년(25세)　함경북도 경성 출신의 이경원과 결혼(7월). 대학 졸업 후 취직이 여의치 않자 총독부 경무국 검열계에 약 1개월 간 근무하다가 친지들의 비난으로 한 달 만에 사직하고, 처가가 있는 함북 경성으로 내려감. 3부작 〈노령근해(露領近海)〉, 〈상륙〉, 〈북극 사신〉을 발표. 동지사에서 〈도시와 유령〉 등 8편의 단편소설이 수록된 첫 창작집 《노령근해》를 간행.

■ 1932년(26세)　함북 경성농업학교에서 영어교사로 근무. 단편 〈오리온과 능금〉, 〈북국점경(北國點景)〉을 《삼천리》에 발표.

■ 1933년(27세)　이무영·유치진·김기림·이태준·정지용·조용만·김유영·이종명과 함께 서울에 거주하던 문인들이 중심이 된 순수문학단체 구인회(九人會) 창립(그러나 시골에 있던

이효석은 1934년에 탈퇴). 《조선문학(朝鮮文學)》창간호에
단편 〈돈(豚)〉을 발표함으로써 종래의 경향성(傾向性)에서
탈피. 이후 단편 〈수탉〉과 〈가을의 서정〉 발표. 미완성 장
편 〈주리야〉 연재.

1934년(28세) 평양 숭실전문학교 교수로 부임하면서 경성에서 평양 창천
리로 이사. 각종 꽃들이 만발하고 담쟁이덩굴이 우거져서
'푸른 집'이라 불렸던 이 집에서 창작활동에 더욱 몰두함.
단편 〈수난(受難)〉을 《중앙(中央)》에, 〈일기(日記)〉를 《삼천
리》에 발표.

1935년(29세) 〈성수부(聖樹賦)〉를 《조선문단(朝鮮文壇)》에, 〈성화(聖畵)〉
를 《조선일보》에 발표.

1936년(30세) 단편 〈분녀〉를 《중앙》에, 〈들〉을 《신동아(新東亞)》에, 〈산〉
을 《삼천리》에 발표. 《조광》지에 대표작 〈메밀꽃 필 무렵〉
을 발표하면서 현대문학의 대표적인 단편작가로 입지를
굳힘(발표 당시 제목은 '모밀꽃 필 무렵'이었다). 그 외 수
필 〈청포도의 사상〉, 〈고요한 '동'의 밤〉을 발표.

1937년(31세) 단편 〈낙엽기〉를 《백광》에, 〈성찬〉을 《여성》에, 〈개살구〉를
《조광》에 발표. 그 외 평론 〈현대적 단편소설의 상모(相貌)〉
와 〈기교 문제〉, 수필 〈주을(朱乙)의 지협(地峽)〉을 발표.

1938년(32세) 중편 〈장미 병들다〉를 《삼천리》에 발표. 단편 〈막〉, 〈소라〉,

〈해바라기〉, 〈가을과 산양(山羊)〉 등을 발표.

- 1939년(33세)　　단편 〈여수〉를 《조광》에, 〈산정(山精)〉과 〈황제〉를 《문장 (文章)》에 발표. 장편 〈화분〉을 《조광》에 연재해 인문사에 서 출간. 숭실전문학교의 폐교로 대동공업전문학교 교수 로 취임. 여름에 중국 만주로 여행을 떠남.

- 1940년(34세)　　평론 〈조선적 성격의 반성〉을 동아일보에, 〈문학 진폭 옹 호의 변(辯)〉을 《조광》에 발표. 장편 〈창공〉을 매일신보에 연재(뒤에 〈벽공무한(碧空無限)〉으로 개제). 부인 이경원이 복막염으로 사망하고 잇달아 차남 영주도 사망. 여름에 다 시 중국 만주 등지를 떠돌다 가을에 돌아옴.

- 1941년(35세)　　단편 〈라오코원의 후예(後裔)〉를 《문장》에, 〈산협〉을 《춘추 (春秋)》에 발표. 장편 《벽공무한》 간행.

- 1942년(36세)　　단편 〈일요일〉을 《삼천리》에, 〈풀잎〉을 《춘추》에 발표. 5월 3일 와병(臥病)하여 5월 6일 평양도립병원에 입원, 5월 22일 에 치료를 포기하고 집으로 돌아와 5월 25일 오전 7시 5분 결핵성 뇌막염으로 요절. 부친이 강원도 진부면 하진부리 논골에 유해를 매장. 유고 단편 〈서한〉이 《조광》에 발표됨.

- 1943년　　유고 단편 〈만보(萬甫)〉가 《춘추》에 발표됨. 단편집 〈황제〉 가 《박문서관》에서 발간.

- 1959년　　서울대학교 문리대 문학회 주체로 '효석문학의 밤' 개최.

1982년	10월 20일, 문화의 날을 맞아 금관문화훈장이 추서됨.
1983년	장녀 이나미에 의해 《창미사》에서 《이효석 전집》(전 8권) 발간.
1998년	평창군 용평면 장평리로 옮겨졌던 부부 합장묘가 관공지 개발로 훼손되어 경기도 파주 공원묘지로 묘지 이장.
1999년	효석문화제 위원회 주최로 봉평에서 제1회 '효석문화제' 개최.
2000년	이효석 문학상 제정(주관 효석문화제 위원회).
2002년	평창군과 가산문학선양회의 주관으로 '이효석 문학관' 개관.